浪漫主义者和病退

Lang Man Zhu Yi Zhe
He Bing Tui

人民文学出版社

有价值悦读

李 晓

图书在版编目(CIP)数据

浪漫主义者和病退/李晓著. —北京:人民文学出版社,2013
(有价值悦读)
ISBN 978-7-02-010090-3

Ⅰ.①浪… Ⅱ.①李… Ⅲ.①中篇小说—小说集—中国—当代
②短篇小说—小说集—中国—当代 Ⅳ.①I247.7

中国版本图书馆 CIP 数据核字(2013)第 231199 号

责任编辑	王 晓 涂俊杰
责任校对	李晓静
装帧设计	陶 雷
责任印制	王景林

出版发行	人民文学出版社
社 址	北京市朝内大街 166 号
邮政编码	100705
网 址	http://www.rw-cn.com
印 刷	北京市松源印刷有限公司
经 销	全国新华书店等
字 数	147 千字
开 本	787 毫米×1092 毫米 1/32
印 张	8.75 插页 3
印 数	1—10000
版 次	2014 年 6 月北京第 1 版
印 次	2014 年 6 月第 1 次印刷
书 号	978-7-02-010090-3
定 价	28.00 元

如有印装质量问题,请与本社图书销售中心调换。电话:01065233595

出版说明

社会飞速发展,欲求稳定健康、立足长远,必须有具备良好价值的文学读品,丰富和保护我们个体的心灵和创造力;社会飞速发展,现实的我们,也确实没有多少完整的时间,投入心性的培养和审美能力的提升。人民文学出版社推出这套"有价值悦读"丛书,以作品精到为编选方向,以形态精致为制作目标,旨在为当今奔忙于生计和学业的人们,提供一个既可以随时便览,抽时间细细品味也深有内涵的文学经典读本。

初出第一辑,以当代优秀的小说家为主,每人一册,不特选小说,作者有被称道的散文作品亦纳入该作者的选本。

限于目前的具体情况,一些作者未能收入眼下这一辑,我们将在后续的出版过程中,满足大家的要求。

我们热切地期盼广大读者,对我们这套丛书提出意见和建议,以使我们能够做得更好,我们彼此能够更贴近。

人民文学出版社编辑部

目 录

机关轶事 \ 1

继续操练 \ 21

天桥 \ 57

浪漫主义者和病退 \ 121

七十二小时的战争 \ 141

挽联 \ 173

叔叔阿姨大舅和我 \ 219

机 关 轶 事

  这是一个大机关。办公厅下面,光秘书处就有五个。秘书一处管起草和修改全机关的文件,二处管清誊复印,三处管收发转送,四处专职保管档案资料,五处管回收和销毁废旧文件。
  四处位于机关大楼顶层。办公室很大,靠墙堆放着大大小小的各类档案柜。因为档案不宜见光,所以办公室的窗户多被堵上了,只在南面留下一扇。一溜双面写字台,一个挨着一个,从窗下伸到屋子中央。

第一张办公桌的上首,坐着四处的傅处长。他对面的位子空着,处里原来有一名副处长,姓郑,后来大家反映不好称呼,叫 fù 处长,两人抬头,叫 zhèng 处长,也是两人抬头,总不能叫傅正处长,郑副处长吧。办公厅考虑这确实是个问题,就把郑处长调到五处,干脆成全他,给了个正职。他原来的办公桌就空着,给大家个美好的希望。

第二张办公桌坐着两位科长,资历和年龄都够老的。上首一位姓刘,是个老太,大家称之刘姥姥,下首姓高,是个老汉,就被叫作高老头。刘姥姥精神抖擞,嗓音洪亮,其实患有严重的胃病,每到下午三四点钟非得吃点东西保胃,抽屉里常年不断饼干。高老头形容猥琐,整日迷糊眼。可你看他太阳穴凸起,进气深,吐气长,显然气功已经练到一定程度了。

第三张办公桌坐着两位副科长,上首是张大姐,下首是处长的大秘书。

第四张桌子坐着办事员小包,因为距离窗口较远,光线不足,桌上安了台灯。

小包也不小,四十来岁了。脑子灵活,生性开朗,喜欢交际,信息量大；当然这是他自己说的。别人给他的评价是，屁股坐不住，喜欢吹牛，爱传播小道，活脱一个包打听。日子一长，连包也省了，干脆就叫他打听。

新分配来的小马，坐在打听对面。打听从心里高兴，一则，本来他是全处的脚底板，现在可以升一层了；二则，有了一个谈话的对象。在心里，打听是把自己算在小字辈一边的。

傅处长让打听给小马介绍工作程序。所有来四处的文件档案，第一步都到小马这里，由小马送张大姐，大姐看了送刘姥姥，姥姥提初步意见，送处长，处长审批，交高老头，老头交大秘书，大秘书交打听，打听再还给小马，正好围着办公桌跑一圈。然后，一般档案由小马分类入柜，机密文件交刘姥姥锁保险箱。

小马问："就这点事？"

"就这点事？"打听反问，"还不够吗？"心里想，等你像刘姥姥那样成了个老胃病，像高老头那样练就一身气功，你就明白这点事有多麻烦了。

小黑板上写着两行字："上午九点召开处务会议，请本处全体同志务必参加。"

大秘书第一个进办公室，刘姥姥和高老头跟脚也来了。姥姥问大秘书开什么会,大秘书说也许是关于整党的事。

张大姐到了,看到黑板,问刘姥姥,姥姥说:"还不是精简机构,动员退休。"打听到了,问张大姐,大姐说:"像是传达工调精神。"小马到了,再问包打听,打听说:"一定又是动员认购国库券。"

傅处长来了,刚坐稳屁股,便宣布会议内容为研究如何搞好本处工作。前一天的厅务会上,各秘书处汇报了本季度工作情况。一处说他们起草修改的文件比上季度增加百分之五十,二处说清誊文稿总字数增加百分之六十,三处说他们的收发量翻了一番,五处说处理的文件总重量为上季度的一倍半。只有四处,由于本季度收归档案和上季度相等,挨了办公厅的批评。大家一听这情况,你看我,我看你,都傻眼了。

傅处长让大家都出出主意,沙场点兵,点上了张大姐。大姐拢了拢头发,说还没考虑成熟,想先听听刘、高两科长的意见。

刘姥姥顾左右而不言,高老头没躲过去,便支吾了几句,说收不到档案,责任不在处里,是不是向办公厅反映一下情况。话音未落,大家"刷"的一下都盯着他,就像看到个红毛洋鬼子。小马大为惊讶。

傅处长沉下脸:"我们没把工作做好,怎么还能去麻烦领导呢,还是开动开动自己的脑筋吧。大家不要马马虎虎。透露一个消息,很快就要搞干部鉴定了,处理工作的成败,对诸位的升降去留可大有关系呐。"

静了半天,没人接话,傅处长喉咙发哑,像是用三号砂纸打了一遍。"怎么不说话,平时不都是能说会道的,怎么一到关键时刻,就没一个开口的呢?"

姥姥不肯买账:"你是一处之长啊,现在不该你拿主意吗?要是郑处长在,这种事……哼。"

傅处长把牙齿咬得咔咔响,一句话说不出,张大姐忙打圆场,说什么处长是很得力的,主要怪大家能力太差。

会议从上午开到下午,连午休都放弃了。会中提出过几个点子,可都经不起推敲,被否定了。直到刘姥姥保胃的时间,打听又尖声叫了起来:"我有办法了。"

"又是什么馊主意?"刘姥姥满脸狐疑。

这回可不是馊主意了。第二天,四处的档案借阅注意事项里又多了一条规定:"为了促进机关各部门对档案工作重要性的认识,更妥善完整地保存档案资料,本处特作如下决定:凡来本处借阅档案的部门,必先将若干档案送存本处,借一存二,依此比例类推,违者恕不接待。"

最初其他几处对四处此举颇不以为然,似乎还有联手抵制的味道,无奈四处众志成城,巍然不为所动,再说谁也免不了得查一下档案,从老经验中找些新灵感,于是只得向现实低头。久而久之,一、二两处发现四处的新规定对他们并无坏处,为了满足四处的要求,他们只能多多起草与清誊文件,结果工作成果又增加了百分之十。三处则无所谓之,只须把原来准备交五处销毁的文件转到四处归档便成。只有五处吃了大亏,硬生生把成果让给了四处。包打听有功于本处,不觉有些沾沾自喜。小马对开会那天大家对高老头的态度还是不理解,便问打听,是不是处室不能向办公厅反映情况。

"谁说的,"打听有些愤愤然,"赵主任、孙主任最欢迎下面的同志向办公厅提意见、反映情况了。问题不在这里,你懂吗?比如这次我们挨了批,当然,我们可以向办公厅反映,说已经尽了最大的努力,责任不在我们。如果我们反映了,办公厅一定会进行调查,看看我们反映的情况是否属实。怎么调查呢,自然不能光听我们处的,那只是一面之辞,办公厅会另派一名处长,可能再配上几个干部,到我们处来干一段时间。如果干得好,那说明我们没尽力,该挨批;干得不好,证明我们没撒谎,批评不当,实践检验真理嘛。可这里存在着危险,一来,新干部很可能干得不坏,哪怕档案只多收千分之一,也是多呀,那咱们的处长就完了;二来,就算他们干得不怎么样,办公厅事多,没准忘了把他们撤回去,那我们不就干吊着了吗?再退一步说,即使他们回去了,这段时间里傅处长大权旁落,心里也不会好受。所以我们只能认了,不能冒这份险。"

"那高科长为什么要建议反映呢,他不知道其中关节吗?"

"嘿,明摆着的事,开会那会儿,他气功正运到关口上,张大姐突然将他军,他一惊,气行岔道,走火入魔啦。"

四处的新规定不仅提高了本处的工作效率,而且对各处室都是一个促进,因而受到办公厅的表彰。四处和三位老大哥的关系也日趋融洽,听说一、二两处的处长私下还建议把借一存二的比例提到借一存四呢。只是五处郑处长认定傅处长坑他,从此见面连招呼也不打了。

小马收到了几份二处抄写的文稿,看了半天,忍不住对打听说:"老包,你来看看二处归档的这几份文稿,真要命,太潦草了,我都认不清写了些什么。他们不是专搞清誊打印的吗,那字怎么写得这么糟?"

"就因为专搞清誊打印,所以字才写得糟呢。"

"哪有这种道理?"

"嘿,你想呀,二处不是专门搞清誊的吗?那么,字写得漂亮,在他们处里不就是精通业务,学有所长吗?精通业务,学有所长就应该大胆选拔,提级升干,对不对?提级升干了,就应该负责面上的工作,不能再钉在事务性劳动上,对不对?那好,在二处凡字写得可以的早晚都给提干了,留下的自然就看不上眼啰。所以说,二处抄的文件肯定糟糕,不这样,别人就认为他们提干工作没做好。这就像一加二等于三那么清楚,你啊,还得好好学点逻辑学呢。"

小马不服气,可也不得不承认打听的逻辑听上去确实很严密。

机关里闹了鼠灾。每天一早上班,各人办公桌上的书籍报刊都被拖得七零八落的,满地散布着些黑白相同的可疑物质。亏得四处地势高,老鼠懒得爬楼,所以损失还不是太大。这几天一上班,少不得大扫除一番,大扫除时少不得交换信息,交换信息少不得以老鼠为题,而打听又少不得成了主角。

"听说没有,昨晚主任办公室遭到袭击,赵主任的抽屉被老鼠攻开了,上月刚买的一百元国库券啃得稀里哗啦,损失惨重啊。姚秘书长运气好,老鼠吞了她的安眠药,一命呜呼也,只是吓了她一跳,一抽屉的死老鼠。"

"真的?"

"百分之百可靠。办公厅已经发文到地震局去了,问他们老鼠造反是否和地震有关。对了,你们知道五处那些同胞们在干什么吗?嘿,他们抓了好些老鼠,养着做实验呢。听他们说老鼠啃文件效率高,不会损耗,又不用能源,比东洋货的碎纸机强多了,说不定他们想用老鼠搞些什么名堂呢。"

大家都听呆了,连平日里永处于无差别境界的高老头也合不拢嘴。好久刘姥姥才回过神来,不由骂道:"你小子胡说八道。"

"不信,不信你自己去看嘛,不过那股味真难闻。"

"老包,帮帮忙,认点字好吗?"小马捧着一份刚送到的文件,显然又是被二处的书法考倒了。

打听一手接过,清清嗓子朗诵起来。"各处、室、科,近来办公大楼出现大量啮齿类动物,流窜成灾,望各部门给予充分重视,立即检查损失,布置防、防、噢,防患措施。办公厅决定,于、于……这两行看不清了,等等等等。并将情况上报调研室,×年×月×日,就是今天。"打听认出了大半,颇有点自鸣得意。

傅处长外出开会,家里是刘姥姥做主。小马把文件交给姥姥,并问要不要给二处挂个电话,把内容搞清楚。

"哼!多半他们自己也搞不清楚,放着等老傅回来再说。"

第二天一早,刚进办公室,大家就知道大事不好。关了一夜的房间里,弥漫着一股动物园的气味,地板上铺着一层白花花的纸屑。

"怎么回事?"傅处长大惊失色。

没人搭腔。大家都扑在自己的办公桌上,忙着检查损失呢。小马在抽屉里放着双套鞋,以备不时之需的。挺新的鞋子,一只啃掉了帮,一只穿了底。她还没来得及伤心,转头看到张大姐和打听那两张哭丧脸,顿时感到一阵淡淡的慰藉。

高老头和大秘书毫无表情,众所周知,他们俩的办公桌内没有一丁点私人财产。可姥姥竟然也悠闲自得,甚至眼光里还露着一丝得意之色,真是令人费解。

"你的饼干呢?"看到姥姥那事不关己的模样,张大姐问。

刘姥姥笑嘻嘻地说:"早就坚壁清野了,我就知道这抽屉不保险。你猜我把饼干放哪儿啦,哈哈,藏保险箱里了。"

这时,调研室来了电话,要四处汇报昨晚驱鼠情况。

"什么驱鼠情况?"傅处长莫名其妙。

"办公厅昨天不是布置过了吗!"电话那头反问,"下午五点统一行动,在各办公室安放驱鼠剂,把老鼠赶出机关大楼嘛。怎么,你们没动?"

"我们根本不知道啊。"

"不可能,昨天办公厅发了正式通知。"

傅处长放下耳机,转身环视一周,那眼光能让人浑身的血结成冰,"通知在哪里?"小马脸都吓白了,忙说:"我交给刘科长了。"

刘姥姥知道事情挺严重,可觉自己占着五分理,"通知在你桌上呢,哼,二处那些人的鬼字,天晓得他们写了些什么。"

"那你为什么不去问?"

刘姥姥不认输,低声啰嗦着:"事事都去问,吃得消吗?谁又知道偏偏在昨天搞什么统一行动。"

包打听忍了半天没忍住,拖着哭腔吐出一句:"哎,办公厅统一行动,把全大楼的老鼠都赶到我们处来了,哎。"

"老刘,"张大姐关心地问,"你把饼干藏保险箱里了,那原来放那儿的机密档案呢?"

刘姥姥突然面色发白了,没顾上答话,赶紧跑到墙角上,拉开一扇木柜门。"轰"的一声,一群老鼠窜了出来,在小马的尖叫声里,向四面逃去,转眼没影了。大家都围上来,瞪大眼睛望着木柜,只见一股白色的粉尘像蘑菇云似的冉冉上升,哪里还有什么档案啊!

"老刘唉,你就是这样保护重要档案的吗?"傅处长的声音倒平和下来了,仿佛吃过了退火气的药。"我立即就向办公厅汇报这一严重失职事件,我要请求办公厅给我以最严厉的批评,作为一处之长,我应承担主要责任。至于老刘,我将建议办公厅予以适当处分;退出保险箱钥匙,坐到第四张办公桌边去。"

刘姥姥终于垮了,呼天喊地扑将上去:"处长,看在我工作多年的分上,再给我次机会吧,你扣我奖金吧,半年都行,可别让我换办公桌呀。"说着她真的老泪纵横起来,大家从未见过姥姥这般难过,傅处长也不觉有些犹豫。

"我们处可从来没出过这样的差错,哎,一世英名哪……"张大姐在一边叹息着。这声叹息使处长下了狠心。

报告送上去了。按机关的程序,先得经一处修改,二处清誊,然后由三处呈送。这几天,刘姥姥就像生了场大病,一下老了许多,连雷打不动的保胃丸都常常忘了用,时不时掏出手绢,把办公桌细细抹上一遍,抹着抹着眼眶便红了。看着她那副伤心样,小马都想哭。其他人可不像小马那么多愁善感。高老头照样练气功,大秘书照样无事忙,张大姐照样笑盈盈地与姥姥闲聊。只是打听不成器,不一会儿便理一次自己的抽屉,显然想等张大姐坐上姥姥办公桌以后,就去占据张大姐的那张。

过了几天,还是没动静,打听坐不住了。一天,他悄悄溜出办公室,没多久又悄悄溜了回来。小马见他那副垂头丧气、瘫倒在椅子上的模样,便猜到出师不利。

吃中饭时,趁无人在场,小马叫住打听:"老包,打听到什么啦?"

"别提了,又让姥姥滑过去了。"打听满脸晦气。

"怎么回事?"

"我就知道不对头,怎么这么多天一句下文没有呢。我去问了三处的小肖,他私下对我说,前两天二处好像转去过一份报告,内容像是说咱们处的事,可字迹太草,看不清该谁收件,他自作主张给发到五处去了。知道了吧,多半这报告已经被五处销毁了,办公厅连影子都没拿到。"

"这还不好办,上办公厅查一下收文登记,不就得了。"

"嗨,机关有制度,只有三处才有权检查收文登记。你要是请三处去查,就得有个理由吧,可小肖,就是砍了脑袋也不会承认送错了文件,他不认账,三处就会说我们无理取闹,不会替我们去查的。"

"那也有办法。我们就只当办公厅已经收到报告了,请他们尽快给个答复。这样,要是他们没收到报告,他们自己会让三处去追查。"

"催促办公厅答复,当然也可以,但是一定得有一个前提,就是办公厅还没有给我们答复。可现在办公厅虽然没答复,却并不等于没有给我们答复呀。换句话说,他们可能已经给我们一个答复了,这个答复就是没答复。"

"你别绕口令好不好。"小马糊涂了。

"说简单些吧,办公厅之所以不给我们处答复,也可能是认为处里的决定不妥当,因此把报告压下来了,希望大家都别再提起此事。如果不能排除这种可能性,那就不存在催问的前提,没有前提,就不能去催,否则别人会认为我们缺乏分析判断力。这就像一加二等于三那么清楚,你啊,真得好好学点三段论。"

"那,我们也别去催问,干脆重新打份报告上去好了。"小马想了想又说。

"那怎么行,"打听有些惶恐了,"人家外国佬执行绞刑,碰巧套索断了,犯人没死成,就得饶他条命,不能再吊第二次。这挨枪砍头抹脖子上吊的生意,也只能一次为限,我们这点小事还值得提吗。退一万步,就重打一份报告吧,可那也得有个前提,就是办公厅没收到我们的报告,现在你如何证实这个前提呢……哎,都怪二处的那些混蛋抄写,真他妈的祸国殃民。"

以后的几天,还是没消息。刘姥姥逐渐恢复了常态,该干什么又干什么了。傅处长皱紧眉头,不时睨姥姥一眼,显然也大费思索。有一天他像是想通了,要不就是不愿再想,反正从那以后,他对刘姥姥比出事以前更为亲热了。

"特大喜讯,听说了没有,"打听悄悄对小马说,"傅处长交了红运,要被提升为局长了。"

"是吗,可这跟我们有什么关系?"

"你真是迟钝。告诉你吧,机关刚成立那时,我们不过是秘书科的第四组。后来论功行赏,组长评了科级,于是名正言顺,四组成了秘书四科。'文革'后调级,科长升成处长,我们又成了秘书四处。现在傅处长如果升为局长,我们不就成秘书四局了吗。水涨船高,强将手下无弱兵,嘿,你我还不弄个副处正科的当当。这就像一加二等于三那么清楚,怎么能说没关系呢?"

不几天,傅处长接到办公厅的通知,要他参加一个学习班。同时接到通知的还有五处的郑处长和厅里其他几名处级干部。机关上下都传开了,说领导要在这几位处长中物色晋升人选。

打听成天屁股不着板凳,在大楼里上窜下跳打听消息,傅处长也睁只眼闭只眼,持默认的态度。没两天,消息全到手了。这次学习班采取开门办学方式,先到广州、深圳、青岛、大连、北戴河等沿海城市实地考查一番,然后闭门学习讨论两周,结业时各人交一篇关于行政管理的论文,写得好的作为科研成果,在"市机关行政研究会"年会上宣读。上面对这个学习班很重视,认为是机关改革的新尝试,办公厅赵、孙两主任亲自带队,听说部长们也要参加。傅处长得了这些信息,也不知是喜还是愁,两条眉毛像小山似的,压得眼珠向外突。

傅处长去广州考察了,临走对处内工作作了安排。本来理应是刘姥姥自然顶替,但现在姥姥身份不明,处长一动脑筋,把责任一分为四:思想工作由姥姥管,业务由高老头负责,生活人事让张大姐抓,行政事务则交给大秘书。走前还找打听密谈了一次,内容谁也不知道。

傅处长走后,打听成天忙忙乎乎,大部头的著作搬出搬进,处里谁的差遣他都不受了,一副神气活现的样子,逗着别人摸他的底。可大家都忍着,谁也没问。最后还是打听自己憋不住,说了出来。原来傅处长交给他一项重要任务,让他赶一篇论文,题目是《从机关的起源、发展看二十一世纪的行政管理》。写完了如何,打听没说,大家猜想一定还有后话。打听埋头苦干了两星期,寝食不思,终于搞出个初稿。写完后摇头晃脑地自我欣赏起来,读到得意处就想念出来让大家品味,老字辈和大字辈的极有礼貌地让打听明白兴趣毫无,于是听众就只剩下小马一个了。

"小马,听听这一段怎么样,'机关'一词起源已久。机者发动所由也,或训巧诈;关者戾机也。《后汉书张衡传》曰:施关设机;《大学》曰:其机如此;《易林屯之谦》曰:甘露醴泉,太平机关。可见古代中国对机关的含义已有颇深之认识。我国伟大的文学家曹雪芹曾对此作过精辟的论述,'机关算尽太聪明,反误了卿卿性命……'"

"这都联得上吗?"小马忍不住说。

"怎么联不上。我问你,机关是什么?《辞海》曰,机关一作办事单位或机构,二作周密而巧妙的计谋或计策,就是说机关是由这两层意思合成的,大机关套着小机关。进机关的人必须得聪明,不聪明怎么算机关呢,但又切不可太聪明,太聪明就会误性命。要聪明,不可太聪明,要算,又不可算尽,这里头有多深的辩证法。这个曹老儿真是个绝才啊。"打听就差给曹雪芹磕响头了。

傅处长回来后,看过初稿,觉得还满意,让大秘书送二处打印二十份,并附了张向二处处长示谢的便条。大秘书要小马把便条抄一份,小马觉得不过两行字,字迹也清楚,就请示大秘书,是不是不必再抄,直接送二处得了。大秘书惊奇地看着小马,说:"处里有规矩,处长的手稿要存档。你来这里就是干这种事的,要是连这都不干,你来干什么?"小马无奈只能抄了,可大秘书的话一直哽在她喉咙里下不去,气一急,手脚都不顺,结果抄得比二处的天书还难认。大秘书接过抄件,愣住了,拿着两张便条对比了半天,最后还是把处长的真迹送了二处,把小马的墨宝压在处长的写字桌上了。

以后的几天,傅处长去青岛继续考察,处里静悄悄的。大家嘴上不说,心里却都憋着劲。打听时时祷告上苍让傅处长升官;姥姥每天诅咒三遍,让姓傅的出门遇车祸;大秘书又想跟处长上去,又怕打听会坐到自己前面;张大姐表面如滞水,谁也看不出她内心的旋涡;小马找到了对付大秘书的方法,兴高采烈;高老头趁无人干扰,狠练气功,把百会涌泉诸穴都打通了。

然而平静没能维持多久。没几天,一条新闻在办公室炸开了,傅处长的论文没选上,而五处郑处长的倒中了头彩。他的题目叫《论行政管理中的双逆向趋势及层次反差》,孙主任给之以极高的评价,说光看题目,就已能透析出当前机关多元干部框架的相位标高。

消息传来,不管各人原先的算法如何,现在可都想着水涨船高的好处,于是一个个像拔掉塞子的皮球,软了。打听整天明察暗访,扬言要找出那个替郑处长捉刀的枪手,真刀真枪地较量一场。

几天后傅处长上班来了,带了两盒青岛特产高粱饴,犒劳诸军。他脸晒得黑乎乎的,精神也很好,看不出刚受过沉重的打击,只是在拿起写字桌上小马抄好的那张便条时,露出一点迷惘的神色。看了半天,他才摇着头说:"这就是我写的字吗?哎,真是老啰,手抖得这么厉害。"小马也不知道他是真糊涂呢,还是听从了曹老儿的告诫,不敢太聪明了。

高老头正闭目养神。打听没好气,向他发难了。"喂,高老头,你在想什么?"

高老头微睁双眼,目中精光陡射,"我在寻思,达摩面壁时在想些什么?"

"想练一门高深的气功。"打听说。

"想取代释迦牟尼。"张大姐说。

"想老婆了吧。"处长说。

"达摩是谁?新来的吗?哪个处的?"刘姥姥问。

"想老婆了。"大秘书说。

"想忘掉自己。"小马说。

"你自己说说看,他在想什么?"

高老头目光一敛,顿时神情又委顿下来,"我怎么知道,要知道了我又何必去想呢。"

继续 操 练

一

"这么说,你就隐居在这个洞里?"

四眼在我身旁坐下,倨傲地打量着这间办公室,俩眼珠架在眼镜上方,像一只什么怪鸟。

我说是啊。他满脸通红,看来刚喝过酒,可能还嚼下两打蒜头。一开口,一股热腾腾的气直冲我脸而来,熏得我想喷饭。我忙点上支烟。

"都干些什么?"

热气又扑了上来。我摇摇头,往后一仰,喷出一口烟去,看那烟和热气纠成一团,好不热闹。

"什么也不干,黄鱼?"

"还没操练到这种水平,"我说,"竖起耳朵,到处转转,打听打听女明星的成功秘诀恋爱经过什么的,然后涂几页稿纸。四版记者嘛,还能干什么!"

他不顾浓浓烟雾凑过来。"只对女演员感兴趣?对教授呢?对蜚声四海的教授剽窃学生的研究成果,你们有没有胃口?"

我心里一动,可装着毫不在意。"嘿,四眼,我们这里是一本正经的报社,不来那些道听途说的丑闻。"

"怎么是道听途说呢,"他恼了,脸涨得更红,一对鸟眼直瞪着我,"坐在阁下面前的正是那个不幸的蒙难者,他受到惨无人道的迫害,却无处申冤。天哪,你瞎了狗眼枉为天……"

四眼是我的大学同学。有人说,我们俩都是华大中文系的尖子,想来那些家伙在整体上把我们七七级三班看成个橄榄核。不过我和四眼的感情确实不错,在一间寝室相安无事了四年,充分证明"物以类聚"只是句毫无根据的谎言。毕业的时候,不知是计算机短路,还是哪个开后门的弄巧成拙,我被分配到最为抢手的报社,四眼雄心未已,报考研究生,一发中的,被理论教研组的王教授收在门下。那以后我们见面少了,听说他现在红得发紫。

"得得得得得,别唱了,你又不攻戏剧史,"我打断他的兴头,"人都说那王教授把你当成了宠儿,准备为你和他宝贝女儿拉皮条什么的,怎么翁婿阋于墙啦?"

"宠倒是真宠,可惜宠过了头,把我的也当成他的了。"四眼气势汹汹地扫视一周,像要在这小办公室里寻仇似的。"我花了半年时间搞出一篇论文,你知道我写什么?《红楼梦》第六十三回怡红夜宴的座次排列,这是中国古典文学研究的哥德巴赫猜想哪!桃子被我摘下来了,可花了多大劲儿,一百六十个不眠之夜,字字看来都是血!"他话锋一转,"论文的内容我就不说了,反正说了黄鱼你也不懂。"

我笑了,四眼还没忘记我跟《红楼梦》的缘分。这部书可说是我四年大学的总结,入学第二天我去图书馆借下,到毕业前一夜才还。倒不是我没时间看,我常看,几乎每晚上都翻一页,特别是期中期末考试前夕,当我神经绷得乱跳时,它简直就成了我对付失眠的良药了。

"我把论文呈给王老头看,心想有老头推荐,准能在权威杂志上打头条。等文章发表时,你猜怎么样?"

"老头的大名排在你前头。"

"他的名字在前头不错,可我的名字连屁股后都没有!你明白吗!"

他大吼一声,把满口热气喷在我脸上。我摇晃一下,屏住呼吸,拍拍他的肩:"明白了,老家伙独吞,连骨头都不吐。行,看我们同窗四年的交情,我要起草一篇檄文,让骆宾王的讨武曌比起来像卡西欧电子琴广告。放心吧,四眼老兄,咱们和他缠上了,非报这一箭之仇不可。"

二

部主任老马正闭目养神,听我说了四眼的事,沉思一会儿,抿了口茶,喉咙里响起阵嗞嗞的声音。我知道事情要坏,他准提那些陈年烂谷子老账,要不想个脱身之计,这大半天就算送给他了。

"四十年前,我在西南联大念书,当时教我新闻学的是美国新闻理论权威麦克林教授。他可是真正的权威。开学第一课,麦教授问我:'什么是新闻?'我茫然,不知从何说起。麦教授一笑说:'Very 简单,狗咬人不是新闻,人咬狗就是新闻。'你听听多精辟,多简洁,多深刻。可惜汝生也晚。"他翻出眼白,显然至今仍对麦教授的风范惊叹不已。抓住这时机,我打了个喷嚏,这一招我练了不少日子,能一连来五个。遗憾的是,只一个就让马头哑了。

"真对不起。"我手忙脚乱,抓起桌上的揩布想给他擦脸,被他一把推开。"出去! 还待在这里干什么?"他怒目圆睁,"去写一篇报道。懂吗,学生抄教授不是新闻。记住,这回可别让对面的抢在你前头,要再出上个月那种事,你趁早打报告辞职回家卖瓜子去吧。"

马头说的对面,是指街对面的那家日报社。我们两家是市里仅有的大报,因此也就成了誓不两立的竞争对手。据说两家主编每天睁开眼来第一件事,就是研究对手的报纸,要是哪条消息对方该登没登而我们登了,发稿记者到月底准跑不掉一份好稿奖,要是我们该登没登而对手登了,那就该有谁倒霉,至少被上头提半年耳朵。其实这样的事也不常发生,头儿们打仗,小的们可没打算送死,能得好稿奖固然不错,但反过来就不是味道了,谁能保证不失手呢。想通了这层道理,我们这些跑消息的都和对面的同行签下和约,互通有无,荣辱与共。可怜主编主任们还不知道已成孤家寡人,兀自一个劲地擂战鼓。

和我跑同一条线的对手,是个刚出校门的小姑娘。从生意上说,我跟她言和并不上算,出得多,进得少,不过我还打着个小算盘,小姑娘长得甚合孤意,我正在她身上下功夫呢,舍得花本钱。上个月里,有个姓温的中提琴手自海外学成归来,在市里开独奏音乐会,这是分内的差,非去不可。小姑娘的座位跟我只隔着两三个人,一进剧场,我便勾起食指打个问号,问有什么内幕消息,她摇摇手说没有。大幕拉开,姓温的自报一番家门,拿起吃饭家伙。说来这小子确实有点才气,我从来没想到还有人能把音乐这东西操练得那么难听,邻居家办婚事,请来两个木匠日夜开工。相比之下,锯木头的声音都像是天籁。一曲未了,前后左右的人都低眉合目,仿佛喝过白日鼠白胜的药酒,一个个倒也。我坚持了一会儿,也昏昏地睡去。醒来时只见大伙都欣喜若狂,拼命鼓掌,那温兄在台上频频挥手致意,颇有些得胜回朝的味道。

要是将来能有个一男半女,我绝不让他继承父业。记者这一行,真不是人干的,受了一晚上的罪,别人回家睡安稳觉,你还得去报社搜索枯肠,吹捧那些心里想摔地上吐口痰再踢一脚的货色。每逢这种时候,我就开始怀疑系里分我来是不是存心捉弄我。有一回四眼来报社,我向他诉苦。"你从来没吃过药吗?"他说,"我可是天天吃。眼一闭,头一伸,咕嘟一口就下去了。好吧,传你个秘诀,教诗词的老师不是常提诗眼吗?作文章也有个眼,导语正文结论,再不失时机地插几句四字成语,以示文笔老辣,绝对没错。"他给我一本万宝全书,几百条如珠妙语,分别按形容音响、画面、文辞等等归类,说这是他从小学五年级起呕心沥血收集的,我想他是吹牛,多半偷了别人的二手货。可不管怎么说,这破本子算救了我的命,靠着它我才蒙过了马头,让他觉得我肚子里还有些正经学问。每次用它,我都怀着一种极虔诚的感情,洗掉指甲缝里的污垢,按照四眼的使用说明,闭目点去。"你信手点,无论请出什么来,我都保你合用。不信你试试,能形容天边闷雷的,准能形容一百条牯牛发情乱叫。要是你准头太差,点错了分类,效果也许更好,内行看了会说你是高手,懂通感什么的。"他真还有些研究,你看,我给温兄点的是回肠荡气和余音绕梁。形容男低音、百灵鸟、琵琶、卖冰棒的吆喝、洒水车喇叭,哪怕放屁,这两句都合适。

第二天到办公室,看到玻璃板下压着马头的纸条,要我一到立刻去见他,后面拖着三个惊叹号。我抓过张对面的日报,才知被小姑娘坑了。不知她从哪里得来的灵感,竟说那温兄是晚唐温庭筠的三十九世孙,无怪其琴韵如此婉约委致云云。这样重要的消息居然不告诉我!正想着退路,马头打上门来,那眼神就像要吃了我似的。尽管我装出副最可怜巴巴的谦卑样,他还是把我弄去拆了一个月的群众来信。那一个月里,我想过的复仇手段,足以出一本基度山恩仇记新编,恐怕大仲马看了也得齿寒。

我们一鸡两吃怎么样,四眼老兄,你救你的赵,我围我的魏?我朝想象中的四眼眨眨眼,便向车站走去。

三

我在华大的南京路上荡过来荡过去,脚骨酸得像刚跑完一万米越野。从报社到这里,得换两部车,整整八十分钟的站桩功。一个足有二百斤的胖女人,把我的大腿当成靠背椅,心安理得地坐了五站。我没吭声,并非想着杀人,心地反倒善良起来,而是我屁股下也有把"沙发",原想等那人叫唤,再把胖女人哄走,可他一直不开口。于是我跟"沙发"较起劲来,看尔忍耐到几时。一较五站路,便宜了胖太太。到华大,我们一块儿下车,再看那"沙发",却是个精精瘦瘦的小个子中年人,满脸电车轨道,一副中度营养不良的样子,真没想到他耐力这么好,邓禄普投胎?进了校门,"沙发"往办公楼那边去,我直奔南京路。这南京路不过是条林荫道,只是地处要冲,为系办公室到教学楼的必经之地,各色人等都从这里粉墨登场。来来往往的人中,我看到好些中文系的老少,可都不是我要找的。胖女人的体重这时在我大腿小腿直到脚底板上完完全全显示出来了,想坐下歇歇,又找不到地方。校当局禁止在花前柳下置板凳。怕学生读了西厢红楼,在这儿风花雪月起来。

戴着校徽的大学生们,三三两两从我身边擦过,男的像刚会打鸣的小公鸡,女的像刚能下蛋的小母鸡,连眼角都不向我扫一下,多半以为我是谁找来修剪冬青树的临时工。一看这些狗男女,我心里就有气,妈妈的,想当初你爷爷在这里打天下时,你们还不知躲在哪个幼儿园里呢。难道那块小白牌真有那么大魔力,让人挂上就想翘屁股摇尾巴?我可没这方面的体会。刚进校时,我有次戴着校徽去食堂买饭,排在后面的两只小母鸡指着我脊梁唧唧喳喳,"看前面那个满脸胡须皱纹的老头,天哪,他还是个学生呢。"我回过头,向她们做了个斗鸡眼,亮出一口板牙,吓得小母鸡不敢吭声,可我的胃口也败了。四眼在一边火上浇油,"都到而立之年了,还学什么老天真。"我一怒之下,把小白牌丢进套鞋里。后来在校图书馆劳动,和那班一二十岁的职工混得挺熟。学校给他们的都是红校徽。他们不好意思戴,说人一看就知是冒牌货,都恳求我们给换个白的,也过过当小母鸡的瘾。我和四眼成全了他们,从此便挂起红牌招摇过市,让那些刚出幼儿园的懂礼貌的乖孩子冲咱们叫老师好,让近视眼老师以为课堂里有监听的同事,紧张得两手直抖,把嗓门提高了八度十六度。

等的人还没露面。我想这世界上大概没什么比等人更糟蹋人的了。记得外国作品课上讲过一出戏,《等待戈多》,四眼对之佩服得五体投地。那天我睡得正香,被他叫绝叫醒。"是不是地震了?咱们跳窗?"我问。"把心放口袋里,黄鱼,我在看《等待戈多》。""戈多是谁?""一个永远等不来的人。""谁等戈多?""一群不知戈多是谁的人。""那有什么好?""睡你的大觉去吧,"他说,"跟你说不清楚,你根本不懂。"好像他是戈多的小舅子似的。第二天我从四眼的臭袜子中间把那书找出来看了一遍,按说如果真有谁懂的话,那该是我。这几年来,我越来越觉得自己进中文系是误入歧途,每天听老师摇头晃脑地操练汉赋唐诗宋词元曲创造社太阳社的文艺主张,看左右前后的老头老太太小公鸡小母鸡摇头晃脑地发出会心的微笑,而自己却莫名其妙,那种滋味,换个神经脆弱些的小子早就自杀了。虽说我牺牲了自己成天陪别人上课,可所有的考试妈妈的又全对准了我。那一阵,我真感到自己是华大最不幸的人了。就那样,我以为这戏狗屁,己所不欲勿施于人嘛。四眼喜欢,可他生活里没一点能沾戈多的边,他的目的明确极了。一年级,当王教授的课还能吸引老家伙们提早二十分钟去抢座位时,他就哼着鼻子对我说,"有什么了不起,给我几年时间,你看我把他宰了。"那豪气,我还以为是阿基米德说给我一个支点,列宁说给我一支布尔什维克的队伍呢。他计划是门门课得优,毕业后当两年研究生,再出国两年混个洋博士,然后回来发起总攻。迄今为止,他每一步都踏在拍子上。这样的人,他说他欣赏戈多!我不客气地劝他别那么缺德,不能抢走了旁人的出头机会,再去夺旁人的自娱方法。四眼大笑说:"这回你总算有那么点 feeling 了。"什么话呢,还没出国就满嘴洋味。

我的戈多来了。远远的,太阳底下有一团东西闪亮,走近看,一个苍蝇停不住脚的油头,一副金丝边眼镜。我有点担心,两年没见,不知他的脾性变了没有。

"侯老师,你记得我吗？我是你的学生哪,我姓李,七七级三班的。你给我们上过一年的古代作品,还记得吗？"

"记得记得,小倪同学,很久没见了,你好。"他客气地躬了躬腰,我放心了,还是那个教书匠。

"毕业两年了吧,分配在哪儿工作？"

"市报社。"

"啊报社,很好很好。"他有些心不定,连连用皮鞋后跟刨泥地。我能理解。要跟一个几乎完全陌生的拦路者作亲切交谈,即使对他这个好脾气来说,也不是件容易的事。有一会儿他使劲拧起眉毛,大概想和我说说班上其他同学,可很明显一时里找不到他们的名字,于是他换了个话题,说:"近来在读些什么书?"

"《飞狐外传》。"我随口回答。

"啊非,非什么?"

"飞——嗯,是晚明金庸草堂的笔记小说,新近影印的。"

"啊,听说过,很好很好,"他又躬了躬腰,我陪他向系办公楼走。"很好。没想到,你现在还那么用功,小余同学。"

"小李,"我也躬了躬腰。"原先我是攻现代文学的,现在想来,还是应该趁年轻的时候,多钻一些扎实的学问。"

"是啊,是应该这样,"他由衷地表示赞赏。"你还没忘了母校和老师,很难得。古人曰'青青子衿,悠悠我心',这很好,小黎同学。"

"木子李,"我知道他想用诗经来压我的晚明笔记,决定姑且让他一让。"一方面前来拜望老师,另一方面报社也要我来做些调查,学校的一位教授剽窃了学生的论文。"

"有这样的事?"他站住了,摘下气度不凡的金丝边眼镜,"是哪个系的?"

我看了看前后左右,压低嗓门说:"就是我们系的。"

"真的?!"他也向前后左右望了一阵,用几乎听不见的声音说,"老李,能不能告诉我他是谁?"

我让侯兄叫了我三声老李,才满足了他的好奇心。说完我拔腿便走,把他丢在原地,激动得满面放光,浑身打战。要是我算得不错,我的调查可以到此为止了,从今天起,所有我想见的人,都会自己跑来找我的。

四

"要是你敏感些,要是除开你那身臭皮囊,对外界的事更关心些,要是你老娘怀你的时候多吃点鸡蛋和维生素,让你的破脑袋发育得饱满些,你也许会明白学校是怎么回事。"在接到研究生录取通知书那天,四眼对我说了这番慷慨激昂的话。"你看窗外那些小鸡,抖着一身羽毛,飞到东飞到西,神气活现,自以为学校是他们的。他们完全错了。在学校眼里,学生永远是来去匆匆的过客,只有教师,明确地说,只有主流派的教师才是真正的主人。因为,他们就是学校。"

"也许他们就是宇宙,就是联合国,那又怎么样?"

"燕雀安知鸿鹄之志。从踏进学校那天,我就下定决心,要成为他们中的一员。我曾对着中文系办公楼暗暗发誓,我要杀进去,扎下根。我们的目的一定要达到。我们的目的一定能够达到。我所以迟迟未动手,只为对中文系荣宁两府的实力,还没能做出一个清醒的判断。在刘老教授和柳老教授之间,我必须作一选择,选择谁呢?"

"警惕某些别有用心的人挑动群众斗群众!"

"荣宁二府源远流长。两位老掌门都是著作等身的权威,在学术界的声望地位不相上下。第一线的实力人物中,刘老的门生王、李教授分长理论和现代文学二组,柳老的门生张、赵教授分长古典文学和语言二组,形成割据之势。观其第三第四代,也各有一批后起之秀,旗鼓相当,即使进行足球比赛,恐也难卜胜负。是刘,还是柳,这是一个问题。"

"那位太太结实的肉体……"

"经过细致的分析推测,我发现一个不容忽视的信息。刘派弟子运用了崭新的比较文学研究方法,已经打入柳派传统的古典文学领域。此外,刘老早年就读于爱丁堡大学,这对实现鄙人自我设计的第三乐章也是有力之保证。因此,我毅然决定投身王老麾下。我相信,这是我一生中最重要的抉择,而且必将对华大中文系的前景产生极其深远的影响。"

四眼左手搁在窗台上,右手在空中胡乱比画。看那模样,他大概以为自己是美国总统候选人,正对着芸芸众生发表演说呢。他就有这种本领,一旦打定主意要唱,你即便在他耳边念妙法莲花经也无济于事。我煞了他三次风景,没挡住他,只能由着他牛皮哄哄。不过他哄哄里还有些真货色,系里那两派的勾心斗角,连我这从不踏教师家门的人都感觉到了。你这边扬李抑杜,他那儿非扬杜抑李不可,刘字号的下层弟子,如果对赵教授道声天气好,就可能被判决有叛变之嫌,反过来也一样。听说有过一个助教,因向对方的女研究生求爱,结果被自己人视为异己,被对手视作间谍。其实,跟定旗帜一往直前倒也简单,只要铁了心,有耐心,又能确保比别人活得长,总有一天能爬到教授,苦了的还是那些与两边都不沾亲的外来户,系里大大小小的实惠,全被两老的门生、门生的门生、门生门生的门生占了,留给他们的只剩个自甘寂寞,还老被人怀疑成有夺权企图的野心家。像教我们古代作品的侯老师,在古典文学组向张教授靠拢了二十年,到如今仍是出朱非正色。话说回来,听双方将士在课堂上拿千百年前的文人骚客打现代战争,倒比干巴巴地背书有趣得多。

"我说完了,谢谢大家。"四眼微微一躬颇有风度。

"总统先生,能否请你就拜在老王门下一事发表些感想?"

"他完了。不知他是否意识到这点,从我考取的那一刻起,他就完了。请记住这个日子。今天,华大文学理论界的王时代已告结束,一个崭新的时代即将开始。"他看着光光墙壁,嘴边露出残忍的微笑。

寝室里只有我们两个。分配结束后,同学都作鸟兽散,本市的回市里的家,外地的回外地的家,还没走的也打起了铺盖卷,上街去进行最后一次扫荡。挂了四年的蚊帐一朝除下,寝室顿成了荒山秃岭,透出一股悲凉味。四眼的演说与这气氛倒也合拍,只是显得不像美国总统,而有些像风萧萧兮易水寒的壮士,不知那会唱小曲的荆轲口才如何。

那天上午,重感情的好孩子们端着从箱底挖出的纪念册,一间间寝室找人留言。册子第一页,多半还有几行歪歪扭扭的字,"好好学习天天向上某某题于小学六年级毕业时。"我穷于应对,四年里攒下的那些格言和貌似格言的陈词烂调一掏干净,最后把"螳螂捕蝉黄雀在后"之类的屁话都操练上了,也没管它是不是吉利。我临走的时候,四眼心血来潮,提议我们两个老家伙相互留条偈语。找了半天,寝室没张干净纸,我说不妨学"借东风",写在手上也罢。于是两人各把左手伸到对方鼻子底下,右手执笔,在脸前的掌心里写起来。那姿势大约很怪,两个过路的小母鸡在窗外觑见,嘴张得老大合不拢,准以为这就叫同性恋什么的。写完再看,我和四眼都一笑,我给他留的是"趁火打劫,见好就收",他给我的是"混字当头,立在其中"。

五

不出所料,从华大回来的第二天,我那间小办公室就门庭若市了,除了两老和四大组长以外,系里那些教过没教过认识不认识的老师都在我这里报了到。毕竟是知识分子,温文尔雅,亲顾草庐不说,还都不让我执弟子礼,非称兄道弟不可。在报社同仁心目中,我的地位大大提高了,马头悄悄把我拉进厕所,承认自己过去门缝里看人,没想到我在母校还是高材生,说得我差点想跟他来个大拥抱。

老实说,在华大四年,一千五百天,凑在一起都没有那么多教师和我面对面地操练过。他们有的要火上浇油,有的要釜底抽薪,人人都说拜托了。我真有些受宠若惊,不知如何是好。总算《红楼梦》里唯一读完的那章节给了我些灵感,我睁大眼,张大嘴,想象自己就是那大观园里的刘姥姥,口中只说三个字,嗯噢啊,以不变应万变,居然也让所有的人都尽兴而归。唯一遗憾的是,多半老师都没弄清得意门生姓甚名谁,有叫小倪的,有叫老俞的,看来不推广普通话的确不行。

第二天,又有人来找黎同志。我打开门,不由得一乐:"嘿,你不就是那个'沙发'吗?"

"对不起?"他惊恐万分,脸上的电车轨道像是搬错了岔,都绞到一块儿去了。"你说我是什么?"

我忙安慰他:"没什么没什么,我是说我们见过。不是吗?在电车里。"

没想到"沙发"也是咱们系的教师,照顾夫妻两地分居,从北大调过来的。那时我已经毕业了,所以没见到。我请他进屋坐下。可怜的外来户,在挤车来的时候,不知他是否又被人当成了沙发。

"我从这里路过。久仰大名,如雷贯耳,故来拜访。"他有些拘谨地说,"太好了,原来我们是故旧。在电车上见过?那电车可真挤,是吧?"嗯,我睁大眼,开始进入角色。"这几天,系里大家都在传颂你的名字,真是平地一声春雷起,打破了万马齐喑的气氛。"噢?"你不知道?真的不知道?哎呀,中文系现在就像元春省亲前的贾府,乱得不亦乐乎。刘柳两派之间大打出手,刘派内部相互指责,大有把庐山炸平之势。"啊!"真的,我一点都不夸张,空气紧张极了。王教授托病躲在家中,已经几天没来上班了。身为教授,理论组长,竟然剽窃自己学生的论文,无耻之极,无耻矣。连他师弟李教授都表示匪夷所思。"啊!"你还不知道吧,要是你来得再晚些,那王,可能已经坐到系主任的位置上了。"噢?"都内定了。这次系主任改选,柳派明摆着没份,候选人就这边的两位。听说王李虽同出一门,却也各不相让,只能请刘老钦定。刘老也不好说话呀,最后还是天地君亲师,长幼有序,选了王。"嗯。"现在王是不成了,非让贤给李教授不可。柳派那边原来闷声吃瘪,可眼下这里也出了一件丑闻,一比一,换发球,他们也要扬眉吐气啰。看来鹿死谁手尚不可预料。"噢?"怎么,你连那件丑事都没听说?啧啧啧,你总知道柳老的外甥,就是张教授的女婿,也就是赵教授的学生吧?他在咱们语言组。上个月,他从学校图书馆偷了一部《广韵》。"噢?"他把书塞进书包便走,没想到图书馆从西德进口了一套防盗装置,书里插有磁片,一到门口警铃就响。"啊!"门卫知道他的身份,存心给留着台阶,说话挺客气,'老师,你是不是忘了还书哪?'他断然否认。人家门卫又说,'你瞧老师,警铃都响了,这种科学东西,不像人,不会无中生有。你打开包看一下,要有,还回去不就得了。'他也真是,反倒提出抗议,说是污辱人格。"啊!!"门卫急了,把他带进办公室,一开包,他可就哑然失色啰。听说柳老气得吐血,从此一蹶不振。"啊!!!"这人太迂,你说是不是？现在又不是'窃书不为偷'的时代了,怎么能不相信科学呢,咱们中国人吃这个亏还没吃够吗！"

不知那防盗装置是几时进口的,反正我们读书时还没有。那会儿四眼想搞篇奇文投稿,去图书馆借谁知道什么版本的《红楼梦》。磨了半天,人家只答应让他当堂看。回到寝室,他发了通狠,说虽无时迁之能,但存蒋干之心。我便给他出了个计：两人一块儿去,他借书,我带个大包,然后他假装低血糖脑血栓什么的晕倒在地,趁别人慌忙抢救,我把书盗走。"这是一个完整的作战方案,参谋长,就这么决定了吧。"他愣了一会儿,问失手的话后果如何。"还用说,轻则大过重则开除。"于是他豁然开朗,"咱不做那破学问了。天下本无事,庸人自扰之。"后来王教授搬家,四眼硬拉我去新居粉刷墙壁,王老头为表鼓励,借了他一套那种本子。打开一看,盖着图书馆的红印,原来也是校产。

天黑了,"沙发"要走。我客气一句,留他吃晚饭,他谢绝,爱人孩子都在家等着呢。"很高兴认识你,真的很高兴。和你交谈一阵,觉得心情舒畅多了。"

"别客气,"我送他到门口,"没本的生意,想舒畅尽管来找我。顺便请教一下,刘柳二老是怎么成了对乌眼鸡的？"

"据说事出五十年前,当时他们对《尚书·盘庚》里的一个

'之'字的释义起了分歧。刘老训是,柳老训适,先是人前人后地争辩,后又在书上报上论驳,一发而不可收。其实两老都没对,按目前公认的解释,那字是文言虚词,没有实义。"

"就那么点小事?"

"沙发"眉头一皱,电车轨又岔了道:"说大不大,可说小也不小,比这更小的事都曾引起过战争。说到底,人类的历史不就是从夏娃听信蛇的挑唆,偷吃伊甸园的禁果开始的吗?你看那个'之'字,一点三曲,多像条蛇啊。"

"沙发"前脚走,四眼后脚就到,我想他们是商量好了要把我饿死。可是他那模样也够惨的,衣冠不整,眼睛里布满血丝,看来有些天没吃上好饭菜了。

我慢吞吞点起烟:"不好办哪,事情有些麻烦。"

"怎么能麻烦呢,"四眼火了,"你这个混蛋,不和我商量就把消息张扬出去,弄得全校都知道我吃里扒外,把自己的导师卖了。现在你再不替我肃清流毒,让我怎么做人!"

"我没想到侯兄的嘴那么快。"我无精打采地说。

"姓侯的是中文系第一喇叭,远近闻名,谁不知道。你没想到?可你想到我这几天在学校是怎么过的吗?整天溜到东,溜到西,像躲动员插队落户似的,再这么下去,我还不如到少林寺出家呢。不行,无论如何你得给我把文章发出去,不好办也得办。"

"学校有人来报社反映,说事实有出入,是你同意把文章让老王署名的,你们师生两个是周瑜打黄盖,一个愿打,一个愿挨。"

"妈妈的,从哪儿钻出这么个诸葛亮!"四眼瞪起鸟眼,"怎么是周瑜打黄盖,明明鸠山请李玉和嘛。他说是请你赴宴,可你不去行吗!"

"老兄,你当然有你的道理,但问题不在这儿。马头说了,你和我们报社的关系应该像被告和辩护律师那样。你惹了事,我们替你出头,哪怕你杀过成百人上千人,咱也管不着,可是你得把底毫无保留地亮给我们,然后由我们去吹胡子瞪眼赌咒发誓,说你活脱是观世音转世,连杀鸡都不敢看,怎么可能把个大活人给宰了呢。懂吗?这叫互相信任,有信任才能合伙做生意。可你,刚上桌就留了一手,也太不上路了。为这事,马头臭骂了我一顿。"

四眼目瞪口呆,坐那儿像尊佛像。我把笑咽进肚子里,挤出一副苦脸。说真的,我还没看到他这么狼狈过,大学四年,他给人的印象永远是所向披靡,一帆风顺。我说人真是有运气,运上来想躲都躲不过。老四眼顺得简直有点邪门。比如说逃课,明明是他拉我,可后来倒霉的准是我不是他。我倒不是怪他老兄,那些课非逃不可,让三十岁的老家伙拍着巴掌听"排排坐吃果果",凡智商不是零蛋的没一个受得了。事情怪就怪在这儿,哪怕全班有一半人不在课堂上,老师抽查点名总拿我试刀。于是辅导员回头就到,"你干吗去啦?怎么不上课哪?"我当然不能拉四眼挡箭,"我外婆的妈病了。""哦,你外婆有几个妈哪?去年不已经请过几天假,给她老人家送了终吗?"好家伙,记性那么好,干吗不去考博士研究生,胸无大志。后面的话就带着骨头了,"当然啰,缺课的也不是你一个,不过你也得分析分析哪,有的同学缺课归缺课,可考试却门门全优啊。你呢——"这不明明借着四眼打我嘛。实事求是,四眼功课的确不错,问题是他的态度不对头,我始终认为,对有些事情,人应该是不愿为而为之,比如排队买小菜、过马路走横道线等等,考试也是其中之一,"临事而惧",孔夫子都这么说嘛。可四眼一见考试,就兴奋得直搓手,脸上冒出色眯眯的表情,好像桌上放的不是考卷,而是一盘炒虾仁什么的,这能说正常吗?我好心好意,劝他去医务室检查一下神经,反换来白眼。

看来老夫子的话也不可尽信。董仲舒曰:"天亦有所分予,予之齿者去其角,傅其翼者两其足。"西人则有上帝造物公平之说。按理四眼在功名上得意,情场应当失意才是。狗屁,他一处得意,处处得意,走到哪里,都有一群小母鸡围着搔首弄姿。我自命相貌不俗,蚕眉蛹鼻,面如淡金,放在水浒时代,怎么也是条撂不落地的汉子。可惜人心不古,几年来居然就没一只小母鸡正眼看我。咽不下这口气,有一回我躲进帐子,窃听老四眼和小母鸡谈话,想偷师学艺,结果顿开茅塞。就是那一套,一群不知戈多是谁的人,一个永远等不来的人,feeling,再不就堆起惆怅的表情,望着窗外,轻轻吟咏,"记得那美好的瞬间,你出现在我的面前——"原来他把戈多操练来操练去,就为了点化情意哪。我恶从心头起,当场掀开帐子,果真就出现在他的面前。一时痛快,后果可想而知。我被赶出门外,而小母鸡看四眼的目光中多了一股柔情,我那风流潇洒的郎君,怎生消受得这市井匹夫的欺辱。呜呼,人们对母鸡无话可说。

"不管怎么说,黄鱼,你得帮帮忙,"四眼总算回过气来,"下星期我要作论文答辩,如果报上没声响,他们定以为我虚晃一枪,其实没人撑腰,准照着死里打我。你总不能忘了,在学校的时候,我帮过你多少次吧?"

我叹了口气,"放心,我不会忘的。"说实话,四眼可真没少帮我,我记不清准确次数,反正,要是没有他,也许我现在还趴在华大的课桌后面呢。每逢考试,我一筹莫展,四眼便让小母鸡把老师请到我们寝室来,连哄带骗地灌迷汤,等老师走时,考题可就全留下了。四眼再做出答案,让我分享成果,凭良心,他可从来没打过埋伏。此外,所有选修课的考查论文也都是四眼替我写的,他有满满一抽屉被刊物退回的文稿,我只需捞一把挑挑就行。他也不小气,"物尽其用",得个优给那些势利眼编辑瞧瞧。可问题在于,每次帮忙前他都做足了戏。首先他要叫我苦苦哀求,而自己却翻起鸟眼看天花板,好像是古希腊的哲学家在思考电冰箱是什么玩意。等我话说尽了,他便开始唱,从我的智商、敏感、臭皮囊、破脑袋唱到我妈的鸡蛋和维生素。想怎么唱就怎么唱,我还不能争辩,不然他会再晾我一钟头,把我晾成肉干。唱完了,他才提条件,比如要我和他一块儿去给王老头粉刷墙壁,或是下次小母鸡来寝室我得自觉站到南京路去喝西北风等等。总之,每次等他答应帮忙时,我都差不多想操家伙问他要吃馄饨还是板刀面了。

我知道,四眼是真心想帮我,因为他和我一样,在这班上没别的朋友。可他每帮我一次,就毁了我一次,让我觉得自己是不耻于人类的狗屎堆。如果他知道这一点,我敢说,准和我一样大伤脑筋。

六

热闹过一阵,山门又冷落下来。我把檄文完成了,锁进抽屉里,没呈送马头,总觉得静得太早,群牛乱吼之后,该有声天边闷雷才是。果然,华大打来电话,中文系新当选的系主任李教授想和我聊聊,派来辆崭新的丰田接我。我想这可能就是我毕生事业的最高峰了,便用指甲刀在车座套上划了道口子,以表到此一游之意。

"你就是小李同学吧?"他还是那副样子,花白头发,挺直的腰杆,看上去绝不像已过六十。在他面前你会感到一种无形的压力,因为他随时都在显示自己是精神上的强者,可以宽容你的幼稚,也可以训斥你的无知,一切只凭他高兴。

"你是哪一届的?——等等,让我想想。嗯,七七级三班?"

"是的。"我敢肯定他翻过学生花名册之类的东西,幸亏我的档案不在学校里了。

"那么我还是你的老师呢,我教过你们班一年。"

"无论教过没教过,您都是我的老师,"我学着四眼的口气说,"不过我的确选修过您的课,'《创业史》与荷马史诗之比较'。"

"是啊。你们这批学生给我留下的印象很深,我还记得你交的考查论文呢,写得很有新意,很有见解,我曾想过推荐给学报发表。"

"您过奖,"我操练起天真无邪的笑容,"您是让我补考了,说要依着您的本意,连补考都不想给我及格。"

他不动声色："有这样的事？我怎么不记得了。不可能吧，我……"

别忙，我暗自说，想就这么溜了，没那么容易："您说执教几十年，从没见过一个学生像我这样蠢。您真看得起我，说华大要是出吉尼斯纪录大全的话，我可以算上一名了。"这门课，连四眼的字纸篓都没帮上我的忙，尽管四眼老兄也喜欢搞些稀奇古怪的题目，去打报纸杂志的冷门，但"《创业史》与荷马史诗之比较"，显然超出了他的想象力。"您还说，如果知道是谁把我收进华大的，一定给他配副三千度的近视眼镜。让您那么生气，为此，这些年来我于心一直大大的不安。"我模仿电影里的日本鬼子，向他深深一鞠躬。

"我真是那么说的？"他总算有点尴尬了，一个劲地理纹丝不乱的头发。"我真的是那么说？这可太、太有点夸大其辞了。"

我感到一种近于痛苦的快感，想笑又笑不出来，好像肚子里装的是硫酸，把横膈膜腐蚀得稀里哗啦。

李老头长叹一声，似乎在感慨往事如烟："我们都做过不当之事，对不对？也许以后还会做，可以自慰的是，我们做的一切都是为了工作，为了学问，为了中文系的荣誉。我听说你们报社要写一篇报道，批评系里的某一教授。这事我也知道了，我很震惊，很愤怒,很惭愧,我已经在全系大会上说了,对这种事绝不姑息,不管他是谁,哪怕我的兄长也不行。对于报社,我们深表感谢,无论怎么批评,都是为了我们系的工作嘛。然而,既然是为了工作,我们则不妨斟酌仔细,如何批评效果最好?采用什么方式?选择什么时机?你说是不是!"

太是了,我心想。谁都要选择时机,四眼也要。过了这时机,对他便于事无补了。

"难哪,中文系的情况你不是不知道,老实说,在这种时刻谁愿意出来当这个主任!可怎么办呢?百废待举,工作总得有人做。所以我希望你们能给我一定的时间,让我打开局面。请注意!不是为我,是为了工作。我想,你也不会眼看中文系丢人现眼吧,你是我系的学生哪,你的论文——啊,啊,啊。"他在我打出喷嚏前把话岔开了,"你们马主任是西南联大的吧,和新闻系朱教授同过学,我已经请老朱把这个意思跟马主任谈了。"

糟糕,四眼老兄,他们结成了神圣同盟。

果然,回到报社,马头便来找我。

"小李,出于各方面的考虑,华大那事就不要再搞了。"

"不可惜吗,那可是人咬狗啊?"

"人咬狗又怎么样,"他颇不以为然,"从古至今,不都是人吃狗肉吗！"

我估计着华大在哪个方向，然后朝东北挥挥手。拜拜，老四眼，达达尼昂救不了你了，你得上断头台。我们都做过不当之事，对不对，你也做过。可以自慰的是，世上没有常胜将军，即便拿破仑不也有他的滑铁卢？安心地去吧，也许由于你成了殉道者，那些小母鸡会更崇拜你。说到底，你还是比我强。

七

四眼论文答辩那天，我早早赶到华大。答辩地点在教学楼的阶梯教室，门口拥着一大群人，想必都是为四眼舍身炸碉堡的事迹所感召，前来瞻仰英姿的，然而被两名身强力壮的青年教师拦在门外。我有李教授特许，才得以入内。

靠前的观众席都客满了，只得在最高处找个空位坐下。前后左右，都有些面熟陌生，看来无一不是学问中人，男的正襟危坐，面带肃杀之气，女士们口嚼话梅，不时交头接耳几句，掩饰不住内心的兴奋。讲台上放一张桌，桌后坐着主考，除四眼的指导老师王教授尚无颜见人外，系里的实力人物全到了场，侯兄和"沙发"战兢兢地挤在桌两头，可见阵容之强大。我有些替四眼担心，今天他要做到从容就义,恐怕不太容易。

　　四眼进来,坐进讲台下为他准备的专座。坐定前,他向观众席看看,我以为他要找啦啦队,忙起身向他招手,可他没看见,或是看见了不加理睬。他神情泰然,旁若无人,这个亮相赢得在场女士们一声轻轻而拖长的"哦",要是许我报道,我非给用上回肠荡气和余音绕梁两句。不过四眼这招可没骗过我,我太熟悉他了,一见那对鸟眼眨动的频率超过了三次每秒,就知道他血压准破二百大关。当然,不由他不慌,就算出我一千块钱,现在我也不愿意跟他交换位置。四眼以前对我说过,答辩只是个形式,其目的就是要使被考的顺利过关,请来的主考谁也不会找考生的麻烦。道理显而易见,打狗还得看主人呢,跟学生过不去不就是想在指导老师脸上抹黑吗?如果有哪方宣了战,好吧,来而不往非礼也,以后你自己的学生答辩,可别怪别人不客气。这有点像美苏两国限制核军备谈判,你要卡我的巡航导弹,我就否决你的逆火式轰炸机。主考们都是学问人,"幼吾幼以及人之幼"的圣训还懂,于是票一段京剧武打,"兀那贼子,端的可恶,呀呀呸,受你爷爷一刀!"看上去拳拳到肉,其实相隔甚远。老四眼怕是得不到这方便了,他现在是个没爹没娘的孤儿,比孤儿更惨。自己老师那边已经把他视作仇敌,可在仇敌那边他还是仇敌,谁都知道揍他不会坏了两家的默契,乐得通过他揭露对手的腐败无能。他真是个千年难逢的好靶子,练拳脚的准备在他身上练拳脚,显聪明的准备在他身上显聪明,出闷气的又要在他身上出闷气,还有喜欢热闹的,看白戏的,想哭想笑、想领略一种哀艳凄绝情调的,大家都来了,把这教室挤成个古罗马的斗兽场。我盘算,要公开拍卖的话,这门票不出五块大洋不到手。

一声惊堂木,答辩开始,主攻手是张教授和赵教授。看来四眼虽已背叛师门,可李教授倒还念着叔侄情分,不愿亲手了结他。头几个回合,四眼操练得不错,防守严密,还抽空回记冷拳,逼得教授倒退几步。观众席里,有人暗暗赞叹,有人公开咬牙,我则深深佩服起四眼来。大家都知道他要死,非死不可,主考知道,观众知道,我知道,他自己也知道,这场较量还没开始就已经结束了。要换了我,绝对溜之大吉,跑片未到,让他们白高兴一场。可他却来了,尽管脚骨颤得像吉他弦,仍然挺出没有肌肉的胸膛。就冲着他这般勇气,我得为他喝声彩。

渐渐地,四眼招架不住了。再坚固的工事,也难经轮番的地毯式轰炸呀。他反应开始迟钝,说话吞吞吐吐,语无伦次,奇怪的是,回答前还老望着李教授。我简直弄不懂,难道在这时刻他还指望李老头拉一把,他老娘到底吃过维生素吗!果然,李老头视若无睹,只顾理自己的头发,而靠边的侯兄和"沙发"却先后加入战阵,羞羞答答向四眼身上招呼起来。四眼左推右挡,无法抵抗,他垮了,完全垮了。场上一片欢腾,男士们哈哈大笑,女士们露出鄙夷之色,原来也是个草包,那么不经打。我不忍再看下去,这哪还是比赛啊,明明是屠杀。

主考们数到十,把惊堂木敲定。全场肃静。四眼站起,不向任何人看,走出门去。在他前面,人群刷地向两边分开,让出条道来,那景象好似摩西过红海。我想冲到他身边,但路被塞住了,大家都往前拥,争着看他的死相。我心里有点难过,他不该受到这般对待,毕竟是别人偷了他的论文,而不是他偷别人的。无论如何,他不该受到这样的对待,尽管他确实傲慢无礼,尽管他确实可恶可恨……

夜空劈起一道闪电,黑暗中的物体浮凸出轮廓,我突然明白了两件事。第一是我恨四眼,原来我一直在恨他。就像老烟枪把尼古丁一口口吞进肚,在肺叶里沉积成黑点一样,这些年来,我把对他的恨一滴滴积在心头,凝聚出一颗能醉倒大象的药丸。也许正因为如此,我才把消息捅给了侯喇叭。是的,我恨他,当班上所有人都以为黄鱼和四眼是焦孟不离的好朋友时,我却默默地、悠悠地、回肠荡气地恨着他。

第二件事,是我不再恨他了。我决心要爱他,爱他的小聪明,爱他的勇气,爱他的牛皮哄哄,也爱他的鸟眼和口臭,也许我本来就爱他。我不能让他就这么倒下,我得拔刀相助,哪怕自己两肋插刀。

我顺着南京路,去寝室找四眼,边走边考虑能做些什么。文章一定得发,不见报没法给老四眼平反。但马头那里是绝对通不过了,怎么办呢? 也许……可以在对面动动脑筋? 对,我高兴起来,让小姑娘替我去发。当然,不能说这是被马头枪毙了的,得设个圈套叫她钻,让她以为是我组织的重头稿,无意中漏了风,这样,她会不假思索,拼命抢前。等这报道见了日报,不仅四眼有救,我或许也能得件礼物。如果稿子受好评,我们主编准会内火上升,然后我击鼓喊冤,让马头挨四十军棍;如果稿子得罪了得罪不起的人,就活该小姑娘倒霉,罚她去坐冷凳,拆半年群众来信,让她知道背信弃义的人没有好下场。这主意真妙,是不是,四眼老兄? 有时候破脑袋倒也是个金不换呢。

路旁有人抱着棵梧桐树,我走上去。

"嘿,四眼,你在这儿干什么? 这是树,不是人哪。"

"滚开,臭黄鱼。我丢了脸,你心里高兴了吧!"

"我高兴什么,我正要去宿舍找你呢。"

"你还要干什么? 想落井下石? 要不是你和该死的李教授,

我怎么会落到今天这地步!"他朝我啐了口唾沫,但中气不足,落在自己门襟上。

"这事跟李老儿有什么关系?"

"怎么没关系!"他拖着哭腔说,"王老头对我多好,他要当系主任。得发些有分量的文章服人,叫我把怡红夜宴让他,他保证给我出国名额。这叫君子协定。要不是李老儿把我灌醉,套出底细,又趁我不省人事,唆使我跟老王翻脸,说他一定给我撑腰,再怎么我也不会去找你这个混蛋。唉,你们姓李的,真把我害苦啰。"

"原来是这样。放心吧,咱们跟他缠上了。走,先回寝室商量商量。"我去拉他的手臂。他想打我。但胳膊软绵绵的,没有三两力气。

"别碰我,臭黄鱼。我操你的妈。"

"好吧好吧,我们操他的妈。"我扶他走,他像条水蛇似的扭来扭去,迈起卓别林的步子。我说,"别动,你看前面谁来了。这班从没挨过爹娘打骂的小母鸡,个个心像煤球,根本不理解男人也有哭哭啼啼的时候,咱可不能在她们面前认栽。嘿,挺起腰,让她们看看,我们是正宗男子汉,头顶开砖,背枕钉板,走起路来两卵蛋碰得叮当响。"

我知道我打中痛点了。他的膝盖里像是插进条铁棒,一下挺得直直。他趴在我肩上,呵呵地大笑傻笑,装着全无所谓的样子。只是等小母鸡走过,立刻又软瘫下来,把我当成了那棵梧桐树。

我看到了那间曾栖身四年的寝室。我们离开后,四眼仍然留在那里,没挪地方。从这点看,他老兄倒还有点恋旧。我忍不住想笑,那时,来找四眼的小母鸡都把这屋叫成狗窝。这话今天真应验了。被咬伤的小狗,拖着后腿,夹起尾巴,逃进自己的窝,一夜呜呜地哀鸣,舔着创口,第二天,又从那窝里探出头去,翻起嘴唇,亮出雪白的尖牙。

进门时,有个念头不知怎么钻进我脑袋。要是将来能有些小权,我一定要在这门上安块铭牌,铜的铁的大理石的三夹板的都行,上面写:四眼与黄鱼,曾操练于此,并于此再度携手,继续操练。

天　桥

一

下了火车,我就看到了那座桥。

那桥架在两山之间,从站台这边望去,就像是在天上。

我要去的地方叫卧牛关。三国演义上说，刘备的副军师庞统，外号凤雏先生，他领兵来到落凤坡，中了埋伏，把命给送了。我娘是属牛的，偏偏也就死在了卧牛关。这究竟是不是碰巧，坐在车上的几个钟头里，我一直在想这件事，只是没等我想出个究竟，火车已经到站了。

我随着人群一块下车。我想我的模样大概不太合群。在这个小站下车的都是些赶集回来的农民，他们头戴草帽，肩上扛着扁担，扁担一头还有个用绳捆上的空麻袋，只有我一个是从城市里来的。于是我摘下刚戴上的黑眼镜。正午的阳光，一下照得我头昏眼花，我赶紧把手遮在眉沿上。透过指缝，我看见了那座桥。

我走到站台尽头，那里有一道用青石砌成的胸墙，墙外边便是笔直向下的陡壁，大约有几十米深，直落谷底。我撑住墙，探身向下望，谷底没有水，只有些大大小小的圆石，也许从前有水，已经流干了。

桥就架在两面陡壁之间，好像横在我头顶上。隐隐能看出一条小路，从这边的乱草丛中一个石阶一个石阶下去，越过底下的圆石，再从对面一个石阶一个石阶爬上来。在对面的桥基旁，有一个石头垒成的像牌坊似的东西，想来那就是关。我不由得说：他妹子的,这可真是一座天桥哪。

"喂,那个人,你在那边干什么!"

候车室门前有人对我嚷着。他大概看了我很久,准不知我想干什么。"小心些伙计,"他指着我说,"有人打那儿摔下去过。就在两个月前,一个男孩,连脑浆都淌出来啦。"

我想告诉他,不只是那男孩,27年前,还有个女人也死在这谷底,属牛的女人。可就在这时,我又想起,我也是属牛的。没错,我丁丑年生人,1957年,满二十岁。

站在候车室门口的那个人就是卧牛关车站的站长。我走过去,问他站长在哪儿,他看看我说:"你找他干吗?"

我说有点私事。

"那就说吧,我就是站长。"他说。

我掏出手帕擦了擦汗,我说:"你们这里天真热。"

"可不,"他不怀好意地笑笑,"要避暑你找错了地方,你得去青岛。"

他说得对,我不是来避暑的,我来是为了找老娘的坟。可这事说起来有点麻烦,如果我说了,他们会问你母亲的坟怎么在这个地方,我就得告诉他们一个很长的故事,等我讲完了,他们又会问,你说你母亲去白马湖看你,可你在白马湖干什么,于是,又有一个很长的故事。

我已经讲了两天了,前一天在南京,再前一天在蚌埠,还不算请假出来时在厂里讲的那几遍。我想,要再这么讲下去,总有一天我能成为一个说书人。

二

有一阵子我并不忌讳说我的故事,我想这不是丑事,至少不是我的丑事。可听我讲过的人好像都不这么想,大学生就直截了当说我活该,他说这一切全他妹子是我自找的。

1957年,我二十岁,在大新机器厂做工。有一天,车间主任含着支烟走到我身边,叫着我的名字。"王保,你来参加大鸣大放,给领导提提意见吧。"

我说我没什么可放的。

"上面号召这个,"他说,"你就带个头,不过是写张大字报,发几分钟言的事。"

"我忙着呢,没那个闲空。"

"别忘了,你还是生产班长喔。"他把烟头在我的车床上摁灭了。

我带了头。我是生产班长,团员,厂足球队中锋。每周一三五晚上还读夜校,学习机械制图和俄语。我梦想有一天能和苏联专家脸对脸聊天。现在,除了达斯维达尼亚和赫拉肖之外,一句罗宋话都记不起来了。

我写了七张大字报,我想一家伙超额完成算了,省得以后再加任务。在车间整风会上,我的发言达两个钟头,这是因为我不知说话的缘故。后来那些审查我的人说我是狡辩,其实这是真的。会说话的人有思路,条理清楚,一点两点三点,就把意思说完了。可我呢,这辈子从没上过讲台,而且我连手表都没有,我怎么能知道自己讲了多少时间呢。

我特意换上了新的制服,把要说的话默诵了好几遍,坐到讲台上,我先说了句"同志们好",底下的声音比我更响,班组里的小伙子齐声说:"王保你好。"他们一起哄,我脑子全炸了,等下得台来,都想不起自己说过些什么。我问主任觉得怎么样。

"很好,"他说,"可你扯你爸爸踩三轮车,你妈妈刮鱼鳞干什么?"

大学生听我说起这些事,从床上一蹦子跳起来。那天夜里非常冷,门前水塘上的冰结了半尺厚,我们住的近二十米长的大草棚里,呼呼刮着风。可他竟然掀开被子,光着两条细腿跳到我床边。"你活该,"他指着我鼻子说,"让你写张大字报,你一写就是七张,让你发几分钟言,你一发就是两小时,要碰上我,我也得说你对社会主义有刻骨仇恨。他妹子的,你这不是自找是什么!"

"你才活该呢,"我说,"难道你妹子的就不是自找?"

他站在我床前愣了阵,然后一跳一跳蹦回去,钻到床上,把被子蒙住头,再也不说话了。

大学生没有还我嘴,因为他确实比我更自找,还因为我是三班的班长,他干活离不开我。割稻的时节,队里给我们的定额是每人一亩八分地,他割过一亩四便躺倒了,余下的全是我带着割的。

我笑他说:"瞧你妹子个大学生,手不能提肩不能扛,究竟能派什么用处。"

他倒在麦捆上连连喘气:"你不能以貌取人嘛,说不准哪天,你也会要我帮忙的。"

想不到后来他真帮了我大忙。他给我介绍了三个对象,其中有一个就是我现在的老婆。

我在讲台上出洋相的几个月后,反右运动开始了。风向一变,我倒成了别人写大字报和发言的靶子。据说因为我是工人,不能定右派,他们给我安上顶反社会主义分子的帽子。再过了一阵,厂里决定送我去白马湖农场劳教。

出发那天,车间主任陪我到厂门口,他拍拍我肩膀,语重心长地说:"王保,好好干。青年人摔个跟头没关系,下去锻炼两年,再回车间,我把那部车床给你留着。"他说话的口气,就像是送我去光荣参军。

不光是他,就连我老头,我自己,当时也没把劳动教养当成件事。我们是苦人家出身,靠劳动吃饭,在工厂是劳动,去农场也是劳动。何况我家本来就是在苏北乡下,是因为打仗,才逃难到上海来的。

那是1948年,过了两年,1950年,上海刮台风发大水,我们全家又逃难回苏北去。那时我已经十三岁,差不多的农活都能上手。我不怕下乡,我老头像是还有点高兴,在我离开上海的头一天晚上,他唠叨没完地谈乡里的旧事,当然,都是些有趣的事。

前不久,我在报纸上读到一篇回忆文章,那上面说,1950年,上海市长陈毅想把上海的苏北难民动员回乡,他派出许多干部去做工作,但毫无成效。到夏天,台风一刮大水一起,不用动员,那些难民一个不剩全跑回苏北去了。陈毅召集干部们开会,在会上说:

"想不到我们这么些个共产党员,还不如一场台风大水。"

写回忆录的那人当时也是个什么长,他写道:"陈毅同志幽默风趣地对我们进行了批评,"接下来他另起一行,"等台风吹过大水退去,返乡的苏北难民又全回到上海,不仅如此,他们还把叔伯兄弟、村邻乡里的一块带了来,人数超过发水前的一倍。此后,再没听陈老总说起过那个计划。"

想想也真有意思,让大名鼎鼎的陈毅市长伤透脑筋的人,我们一家就有三个。

在老头子拉扯那些乡村趣事时,我娘坐在小板凳上为我补衬衫领子。她一边补,一边流泪,时不时撩起衬衫下摆抹抹脸。等我把那衬衫塞进板箱,它都已是半潮的了。

也许,她隐约预感到,这一次分手后,我们娘儿两个可能再也见不到面了。

三

厂里准了我三天假,车间主任亲自陪我去厂部打证明,然后又把我送到厂门口,他拍拍我肩膀说:"王保,好好找你妈的坟,也算尽了一份孝心了。记着,快去快回。"他是个好人,我从没怨过他。

他可能不记得了,上次他送我出厂门时,也曾叫我快去快回,只是我等了二十二年才回来。

我买了张去蚌埠的票,上了火车,我想这个月的全勤奖是白白抛了。说实话,我不知道能不能找到老娘的坟,连一成把握也没有。我知道的唯一一件事,是她死了,死在27年前,从上海到蚌埠之间的某一个地方。

到中午,车到南京,我更觉得灰心了。1980年,我从白马湖回来的时候,一盒盖浇饭只卖三角,这次却要收我一块五毛。

我从衬衫口袋里掏零钱,大票子我全藏在内裤贴袋里。这是老娘从小教导我的,她说,人多的地方千万不能露财,她说得一点不错,我们一队里有几个刑事犯,只要有东西可偷,就是一张草纸都不肯放过。

还有一张纸,我也放在贴身袋子里,那就是蚌埠铁路分局公安处出具的死亡通知书。

铁路公安确定死者是我娘也费了一番周折。他们先发现一具无名女尸,接着抓获了一个嫌疑犯,那嫌疑犯供认在381次车上害过一个女人,可他也不知道那女人姓什么叫什么从哪里来的。381次车的列车员在打扫空车厢时,在座位下发现一个小旅行袋,找不到失主，便交到了分局公安处。

公安处的人把这几件事联系起来，断定旅行袋就是那被害女人的，他们打开袋子，取出两件半新衣服、十几包饼干糕点、一小袋米、几筒卷面、两条烟，最后看到用毛笔写在旅行袋底的一个名字。那些饼干糕点都是上海的食品厂生产的，由此他们推测被害人也来自上海。

那名字叫薛桂英，是我娘的大号。我去白马湖前，她一定要我在板箱和所有衣物上写下自己的姓名。现在我掀衬衫，也还能在衣角上找到四个黑字，王保一队。

我回到上海后，老头子才把这些事详详细细告诉了我。那天上午他没去踏三轮车，因为老娘去白马湖探望我了，他每天得自己做饭。

他一边扇风炉，一边听筱文艳唱"秦香莲"，他把我们家那架破收音机开得太响了，以至门敲了三下他才听见。

老头子打开门，门外是居委会的刘大姐和一个穿警察制服的人。老头子说，他当时还以为是我又惹出了什么事。

刘大姐对他说："这位是市公安局的老高同志，有事要问你。"

老头子把他们请进屋，忙关上收音机，老高说："你的女人名字叫薛桂英吗？"

"对。"

"她在家吗?"

"不在。到外地去了。"

"到哪里去了?"

"到安徽白马湖劳改农场去看我儿子。"

"你女人多大岁数了?"

"属牛的,今年四十七。"

"她坐的是哪次车?"

"嗯,下午三点的。"

"哪天?"

"就是大前天。"

"你女人走的时候,随身带着什么东西?"

"有一个小旅行袋。"

"那就对了,"老高喜出望外,"告诉你,你女人薛桂英在火车上让人给害死了。"

老头子差点出手给姓高的一记耳光,他想不通这个吃公家饭的人做啥盼我娘去死。其实高同志喜的不是别的,而是终于找到了这个薛桂英。他告诉我老头说,一接到蚌埠来的电话,他们便着手查找全市市民登记册,"你知道上海有多少个薛桂英?妈妈的,我一看眼都花了,整整二百八十八个,还有一个是男的!"

根据蚌埠提供的线索,他们首先把那个男的划掉了,第二步又排除了二十五岁以下和六十岁以上的薛桂英,剩下的数字是一百二十七。高同志说,我家是他们跑的第七十四家,真快把腿都跑断了。"大部分人家还算好,敲敲门,问薛桂英在家吗,开门的说我就是,有什么事,没事,屁事没有,再见啦。可有的就麻烦,大门锁着,上班去了,买菜去了,逛马路走亲戚去了,邻居家也没人,你等去吧。谢天谢地,现在用不着再找了。"

对他来说,薛桂英只是一个名字。

临走前,高同志对我老头子说,他们要和白马湖联系一下,看看我娘是不是到了那里。所以事情基本上是这样可还不能最后下结论,但愿……他没说完就走了,也不知道他但愿的是我娘在白马湖,还是别生出其他麻烦。

过了两个星期,邮递员送来了死亡通知书,老头子一下瘫倒了。正巧乡下来的叔叔来上海办事,看到这情况,便把老头带回苏北老家,老头子在乡下住了大半年,也就没能去认领我娘的尸身。当然,即便他那时就去,看到的也只是一座土坟。

上海的薛桂英只剩下二百八十七个了,而我呢,还在白马湖眼巴巴盼着那个小旅行袋。

四

动身去白马湖时,我还觉得自己是去参军。我乘坐的那节车厢里全是各厂家报送劳教的工人,年轻人居多,情况和我大致相同。他们有的玩牌,有的哼歌,大概都以为是干一两年农活的事。车厢两头各有一个公安,他们俩倒也没去扫他们的兴致。

火车到站头,押运的换了一批人,推推搡搡把我们弄上卡车。那批人脸板着,喉咙也大,不过我当时并没有在意。皖南山区的景物,让我想起了自己的童年。

卡车开了近六小时,才把我们送到农场。我们在一块空地上按高矮排队,空地前是一排红砖瓦房。有个人从瓦房里向我们走来。后来我们知道,那排瓦房是队部和管教员的宿舍,那个走到队列前面来的人就是指导员。

指导员说:"你们现在到了白马湖农场,我们这里是第一分队。从今天起,你们必须服从管教员的命令,只准老老实实,不准乱说乱动。在这里只有三件事,劳动、学习、改造思想。我警告你们,不要动什么坏脑筋,农场周围几百里都是大山,公路上尽是哨卡,从来没有人能从我们这逃出去。不相信问问他们。"

他指着站在远处的一伙人,那些家伙嬉皮笑脸,点起头来倒是毫不含糊。

"是不是?"指导员又说,"我话讲在前了,可不要自讨苦吃。好吧,现在让老犯人带你们到宿舍去,大家先安顿下来,今天就放假了,明早六点下湖。还有什么不清楚的你们就问老犯人好了。"

站在远处的人都跑了过来,把我们的队列冲散了。一个大块头拿过我的板箱,另一人抢过我背着的书包。我跟在他们身后走,看着那人把一寸长的指甲伸进我书包。

我问他们是怎么到白马湖来的。

那长指甲笑笑说:"这大块头不是好东西,他妹子的,强奸人家闺女。我嘛,只不过有时手头发痒。"

到那天晚上,我再没什么不清楚的了,现在我是一个犯人,像所有的犯人一样。

到蚌埠,已是下午五点。我去铁路分局,门卫说全下班了,叫我第二天清早来。街对面有家小旅社,我进去开了个床位。

客房是四人一间,我进屋时,另外那三个正懒洋洋躺在床上,一见我,他们全蹦起来,不由分说拉我和他们一块"拱猪"。他们自我介绍是老齐、小胡、大孙,又口口声声叫我王大哥,好像他们已经盼了我很久似的。

玩过几局,小胡塞过来一支烟,问我:"王大哥,你手头有些什么货?"

我没听懂他的意思。

老刘解释:"小胡是说,你从上海来,有什么要出手的。"

我说没有。

"那你想办些什么货?"大孙说。

这下我明白了,他们几个都是供销员,而且以为我也是干这行的。大孙说,他可以供应花生、玉米和兔毛,急需钢材,不管板材线材钢锭,哪怕是铁钉也好。我告诉他我什么都没有什么都不要,我出门时是为了点私事。他们追问是什么私事,我就说了我的故事。

小胡和大孙摇摇头,连声说:"打牌打牌。"没想那个老刘却感了兴趣。"王大哥,"他说,"找到你妈的坟,你又打算怎么着呢?"

我说谁知道能不能找到,要能找到,我要把娘的尸骨起走。

"好主意,是得挪个地方。"他想了想,又说,"我知道南边石门山有个公墓,来往便利,地方又安静,风水更没得说,价钱也很公道呢,一块永久墓地,水泥椁,带刻石碑,才百十来块钱。你妈就上那儿去吧?"

我连忙说不。

"你听我说呀,那里还有专人打扫卫生,每逢清明节,奉送每位一束鲜花。多好啊,王大哥。"

"好是好,"我说,"可我把我娘起出来,是要送回苏北老家,跟我爹的骨灰合葬在一块。"

第二天清早,我便离开了旅社,那姓刘的扔给我一张名片,说要是我改变主意的话,随时可以找他。我看了看名片,那上面印着:"石门山花园公墓经理,刘二富,地址,中国安徽歙县石门山乡。"背面还有一行小字,"环境舒适风景优美,安置亲友的理想乐园。"

要是谁想给白马湖做个广告,我看没什么比这段话更合适的了。它是个山间的小湖,湖水碧绿,没有一条波纹,像镜子似的倒映出四面的群山。我第一次看到这湖时,忍不住想唱歌。"乖乖,"我说,"这里的风景真是太优美啦。"

我话音才落,一浪浪回声从四面拥过来。湖边芦苇丛里刷刷地响,飞起两只雪白的水鸟。

"风景?"长指甲说,"风景管什么用,咱要把这湖填掉,满满种上水稻。"

他又说:"这可是个大工程,光靠咱这些老队员,累死都忙不了,幸亏你们来了。说不定,你们本来都没事,就为了要填这个湖,才吃的官司。"他幸灾乐祸地笑了。

过了一星期,早上点名的时候,长指甲被叫到队列前头,指导员当场宣布,给他加刑两年。

这是老犯人给我们上的第一课。接着,我们又学到两件事。一是让家里寄信来时,在邮票上涂满糨糊,这样,我们就能用糨糊连同戳在上面的邮戳一块洗去,再次利用那张邮票。二是叫他们把香烟拆包,夹在信里寄来,一封贴一角六分邮票的信,可以夹带二十支烟,就是整整一包。

有谁说得清二十支烟净重多少?白马湖的人都知道,八钱。

五

我来到铁路分局公安处,有一会没人理我,办公室里人人埋头干自己的事,看样子都很忙。我拦住一个小青年,说我有事找他们的负责人。

"你找他干吗?"小青年问。

我说我想了解一下有关我娘被害的情况。于是,一个很长的故事。

"那都是哪一年的事了?"他问。

"60年。"

"嚄,"他翻翻眼睛,"二十七年前,出土文物啊。"

他叫我等一下,自己走进办公室,过了几分钟,他又回来。"没人知道这事,"他对我摇摇头,"我们这里都是新来的,那年月的档案在'文革'中都弄丢了。"

他带我爬了三层楼,拐过几条走道,转得我都迷失了方向,最后在一间大屋子里见到一个老头。这回是他来说我的故事,而我当了听众。

"听着耳熟,"那老头说,"像是有这回事,不过我不清楚,这样吧,你问问孙胡子,他可能知道。"

"哪个孙胡子?"小青年问。

"孙胡子都不知道?原来二科的科长,去年调南京铁路职工疗养所当所长去了。"

我心凉了一半,我想可能那孙胡子也不清楚。小青年说他可以挂个电话过去,免得我白跑一趟。我真心诚意谢他,我说现在像他这么热心的青年人,真是难得一见。

"你可别这么说,"他好像觉得我是在损他,"谁有那些热心,只是你这件事,有点不同一般罢了。"

我同意,的确不同一般,有点像出土文物。

蚌埠到南京的电话并不好打,小青年一面拨号,一面骂娘,后来接通了,人又不在,在那边去找人的空当,小青年向我提了一个问题。"老王,当你知道你母亲被人害了的时候,你心里在想些什么东西。"

我回答他说:"时间隔得太久,我已经不记得了。"

在电视新闻里看到过这样一个镜头,沪杭公路发生车祸,一辆旅游车和一辆卡车相撞,旅游车爆炸起火,当场烧死五人,伤十几人。赶到医院的记者把话筒伸到一位伤员的嘴边,说:"请问起火的时候,你都在想些什么?"

那伤员回答:"妈的,那时我差一点就死了,你说我还能想些什么?"

这是晚上六点半的新闻节目,到九点重播时,这段问答已经剪掉了。

下午收工后,指导员让大学生给我带话,要我立刻到队部去。我来到队部,指导员正等我。

谈话前,指导员先递上一支烟。我一口抽去了三分之一。我已经断烟几天了,最后那封信里,老娘什么也没夹,她说隔两天,她就动身来白马湖看我。

"你在等你母亲来农场吧?"指导员说。

"是的,按说她前两天就该到了。噢,这件事我向队领导汇报过。"

"你不要再等,"指导员说,"你母亲来不成了。"

他没说别的,因为他也不知道。他只接到一个电话,说是劳教犯王保的妈在来农场的途中死了。

回到宿舍,我打开板箱,取出一双包在报纸里的球鞋。那双鞋是离上海前老娘替我买的,还没穿上过脚。我扯去里三层外三层的报纸,慢慢地穿鞋带。大学生坐在对面床上看我,他也知道了我娘的事。

我穿上球鞋,走出宿舍,那时,天已经黑了。我摸黑走了十里山路,走到一个叫黑山杜的小村里,找到一户农民,用那球鞋换了一小袋炒黄豆。然后我赤着脚,又摸黑十里回队,一边走,一边吃豆子,等我到队里,豆子也吃光了。

大学生还没睡着,"你到哪里去了?"他问。

"找老乡了,拿球鞋换了点炒黄豆。"

"你去了黑山杜?"他撑起身子,"不合算,去十里山路,耗的热量抵半袋豆子,来十里又抵半袋,你白白丢了一双新球鞋。"

他叹了口气又问:"还有豆子吗?"

"没了,都吃光了。"

"去他妹子的。"他说。

老娘出事之后,我断了烟路。在那以前,老娘每星期都来三封信,也就是六十支烟。后来她来信说烟票难搞,最多只能寄两包了,让我少抽些,对身体也好。她不知道,那六十支烟并不全是我抽去的,至少有大学生的三分之一。

那时候大学生几乎天天去队部,其实那里没他的事,因为他家里很少有信来,他去是看有没有我的信。要是拿到信,他就会一路跑回草棚,高兴地叫道:"班长,有东西来了。"在我拆信的时候,他眼巴巴地望着我,像一条养熟的狗,我还有什么办法。

我分给他几支烟,得到烟,他立刻叼在嘴角上,拿着火柴,却不马上点燃,好像想把瘾头熬得更足些。然后他点上火,深深吸一口,心满意足往床上一躺,问我:"班长,你妈妈信里说点什么?"在心里,他已经把我的信当成了他自己的信。

对我娘的事,他和我一样难过。他告诉我:"班长,我对你说真心话,我真恨不得死掉的是我妈妈。他妹子的信不信由你。"我相信他说的是真心话,他有点恨他的家里人。我听他说过,他家里很有钱,是开厂的,就是这年头也不愁吃喝,可胆子比鸡还小。我想也难怪他爹娘胆小,大学生和我们到底不太一样,他是判了二十年的反革命犯,要是我有这样的儿子,我不踢烂他屁股才怪呢。

自那以后,我只能用到农场外出公差的机会,在小镇里买烟了。可那种机会不多,大部分时间,我就和大学生一起闻别人的烟香,真难受的时候,我们把干黄豆叶搓碎了卷烟。这办法是一个老犯人传给我的,他当过国民党的兵,从前上过白面瘾。他说他曾经把冬瓜上的粉霜刮下来,当白面吸过。

我问他味道怎么样。

"比真白面多少要差点,"他说,"不过话得说回来,要是你馋极了,也就觉乎差不了多少了。"

后来,我告诉车间里那些小青年,我抽过用黄豆叶卷的烟,他们也一个劲地问我味道怎样。"比红牡丹当然是差点,"我说,"可要你平生第一次抽,那口味和现在的外国烟也差不了多少。"

六

我买了上午十一点二十的票,从蚌埠直奔南京。孙胡子在电话里说,他知道我娘的事,要我去南京找他。等见了面,他又对我说,其实我已经两次经过我娘死的地方,那地方叫卧牛关。我说我没这个印象。

"你一定有的。快车不停卧牛关,可那里有座桥,架在峡谷间,是必经之地。即使你没注意到那车站,你肯定看到过那座桥,没准还看到过你母亲的墓地呢。"

"当然,"他又补充了一句,"这是说,如果你老母亲的墓还在的话。"

刘二富的名片后来被我扔进了卧牛关的深谷。我靠着胸墙,望那座桥,我忍不住叹道:"他妹子的,这真是一座天桥啊。"衬衫口袋里有什么东西顶着,我掏出一看,就是那张名片。我把它拦腰撕成两半,一伸手,丢到了胸墙外。

从我站的地方向下看,那两半名片,就像两只白蝴蝶,在空中翻卷,一会儿被风托起,一会儿又直落而下,其中的一只,停在了伸出陡壁的荆条上,另一只坠到谷底,隐没在大大小小的圆石头中间。

也许哪一天,有人会捡到半张硬纸,或者是"环境舒适风景优美",或者是"安置亲友的理想乐园",他们未必会想到,这上面说的只是一块墓地。

老头子临终时,脑筋已经糊涂了,他认定我娘的坟在苏北老家。这也许跟老娘的暴死有关,那次他受的打击不轻,在乡下养了大半年,直到那儿闹了春荒,才回到上海,而且再也没有先前那么壮实了。

困难时期,上海各行各业都号召职工回乡,减轻国家负担。我家在乡下有根,三轮车队的领导几次三番上门来做动员。老头子给他们来个一声不吭,把筱文艳放得震天响,把风炉扇得满屋子烟,叫所有的人都待不下去。最后,队领导终于对他死了心,他们说他是带着花岗岩脑袋去见上帝的人。

肉脑袋顶不动花岗岩脑袋的,陈毅也试过,没成功,更不用提别的人了。

老头以为他为我做了件好事。十几年后,他对我说:"他们想把我赶到乡下去,就是不想让我再回上海。我知道这些人的坏心思,我就是不走,就要给你留下条根。你看,现在他们只能放你回来了吧。"我想说我的事是落实政策,跟他没关系,不过那阵他脑子已经开始变糊涂了,我就没扫他的兴致。

老头照常踏他的三轮车。后来三轮车被淘汰了,年纪较轻的改行学开小乌龟出租车。他太老了,就安排在出租车站里看门。

直到我回了上海,他才退休。

那以后,他的身体一天不如一天,起先他还能上街买菜,后来就只能坐在家里听听收音机,再后来,他连坐都不能坐了,日夜躺在床上,念叨要我快些找个女人成家。三年前他死了,到底也没能见着他那儿媳和我那十一岁的儿子。

最后几天,老头是在病房里度过的。进医院时,医生给他检查过一次,完了对我说"就这样吧",以后再没露过面。我白天在厂里上班,晚上到病房陪夜,到底不是二十多岁,连熬了几个晚上,我也顶不太住。好在老头子不用多服侍,大部分时间,他都迷糊着,根本不知道我是谁。当他清醒过来,他会伸过手来摸我。"王保,"他说,"等我死了,你把我送回苏北老家去,葬在你娘的坟里。"他反复说的就是这句话,我真不明白,他怎么会以为我娘的坟是在老家。

老头子死在冬至夜。那是大节气,老年人的难关。他挣扎了很久,也没能闯过去。偏偏那天夜里,我伏在床边睡着了,等醒过来他已经去了,所以我只知道他死在深夜十一点到凌晨五点之间。

七

在南京，我做了件傻事。我找到铁路职工休养所，拦住每一个长胡子的便叫孙所长，那些家伙都摇摇头，把手往别处一指。最后我遇到一个跟我年纪相仿的人，问他有没有见过一位长胡子的头儿，据说是这里的所长。那人摸摸光溜溜的下巴，说："我就是所长，姓孙，孙胡子是我的外号。"

过去我们三班有个肥东县人，他身高二米零一，拳头伸出来有我脸大，三四百斤的担子他挑着像根稻草。他出外干零工，跟一帮侉子吵了架，五个男子汉操着扁担围攻他，结果全让他打趴下，其中两个终身残废。就为了这事，他进了农场。

1961年他死了，不知是饿还是病。我们把他埋在宿舍后的山脚下，他的尸身，用两张苇席裹还露出脚板，从宿舍扛到山脚这点路，累得全班十个人都喊爹叫娘。

这么个肥东佬，他的小名叫小矮子。

孙胡子把我领到他的办公室。那办公室很大，窗外是一片竹林。我告诉蚌埠那边的人都不清楚我娘的事，档案也都毁了。孙胡子沉思片刻,说:"这么说,我是唯一了解这案情的人了。"我觉得他像是有点为此而自豪。

孙胡子告诉我,老娘死在卧牛关。他打开电风扇,让蒸笼似的屋里吹起股热风。"那时我刚到公安处不久,"他说,"卧牛关车站打来一个电话,说他们那里发现一个女尸,不是当地人,要我们马上去人处理。处长就把我派去了。"

"尸首在车站附近的一条山沟里,是摔死的,脑壳全碎了,我作了检查,在她身上没找到任何东西。检查完了,我让车站站长赶快找人把尸首埋了。你明白吗?那是七月里,天很热,就跟今天差不多,我不得不这么做。"

"我明白。"我说。

孙胡子随后就回了蚌埠。当时他以为,像这种无头案子,可能一辈子都查不到水落石出。没想到就在那天夜里,一个派出所给分局公安处去了电话,说有名罪犯牵涉到铁路上的案子,要他们一块去审讯。

罪犯姓金,是个复员军人。他为什么进的派出所孙胡子也不清楚。民警在姓金的身上找到一些全国粮票,问他从哪儿弄来的,不料他一听这问题便号啕大哭,说他该死,财迷心窍,在火车上害了一个女人。

孙胡子他们赶到派出所时,他还哭得像个小姑娘似的,又是眼泪又是鼻涕,怎么也不肯回答问题。后来他开口了,又不知哪来那么多废话,叫他停都停不下来。"他是在浦口上的车,"孙胡子对我说,"正巧坐在你母亲对面。那天乘客很少,整节车厢里没几个人,他和你母亲闲聊,你老母告诉他去南边什么地方探望儿子,可能就是那会儿让他摸了底去。到半夜,车上人都睡着了,他把你母亲骗到两节车厢中间,也可能是你母亲去上厕所,他悄悄跟着,在那里他把你母亲掐昏了,拿走了粮票。他有一串列车上的钥匙,逮到他时还在他身上,他就用那个打开车门,把你母亲推了下去,然后大摇大摆回到车厢里。"

"他拿走多少粮票?"我问。

"八十斤,"孙胡子说,"不过我们抓到他时,多数已经卖了用了。他在蚌埠下车,但忘了把你母亲的旅行包带走,可能他没有发现。我们找到那包,才知道你老母亲的姓名,这才跟上海方面联系。"

那以后的事我都知道了。上海公安局的高同志告诉了我老头,老头子告诉了我。一个很长的故事。

老头子从没对我说起过粮票,他只知道老娘带了个旅行袋给我,但那袋里装了些什么他也不清楚。结案之后,蚌埠铁路公安把旅行袋送到上海,可那时叔叔已经带老头回苏北老家了,他们便把它扔在派出所里。等过了大半年老头回到上海,才把那袋子打开。他后来对我说:"天晓得你娘从哪块弄到这些个吃的,那年头买饼干都要凭糕点券。"

自然,当他打开旅行袋时,那些个吃的全都发霉了。

要是知道那八十斤全国粮票的事,他肯定会大吃一惊,要是他知道除了粮票外,老娘还带了些钱给我,我想他说不定还会发脾气。娘在最后那封信里告诉我,老头子为着寄烟的事和她吵了几次,"他又跳又闹,说我只想到你,把烟全寄给你,他抽什么。"也就在那封信里,她写道,要带些钱和粮票来农场。

她只是这么提了一笔,没有说多少钱多少粮票。现在我知道粮票是八十斤,可钱的数目大概一辈子也弄不清楚了。那凶手没找到钱,孙胡子也没找到,要是我能相信婶婶说的话,那些钱就在娘贴身内衣的暗袋里,早和她一块儿埋在卧牛关了。

我不知道她是怎么攒下的钱和粮票,我想一定不容易,因为她得瞒着老头子。我小时候,她常去菜场替人刮鱼鳞,有时叫我去给她扛桌子。她戴着顶白布帽子,把头发全塞在帽子里,身上套着油布围单,坐在一帮老太婆中间。她们各人面前都有一张小木桌,买了鱼的人,把鱼往桌上一扔。她不收钱,只留下鱼鳞鱼内脏和带鱼头尾。一些养猫的人家,每天到她摊子前来买猫食,一份三分或五分。她把钱放进围单口袋里,回家路上,拿出两角钱给我。

这是我小时候的事,自从我进了厂,她就不去菜场了,说是要给我争争面子。

我还在那个菜场买菜,现在刮鱼鳞的老太婆要收钱了,要不就得在她们手里买葱姜。在我娘先前放桌子的拐角上,常常能看到几个外地来的小姑娘,她们摆下一摞大大小小的搪瓷烧锅和塑料食品盒,不卖钱,只换粮票。有一次我问她们大号烧锅怎么换,有个姑娘举起一根指头。

她要一百斤全国粮票。

我在铁路职工休养所里住了一夜。孙胡子领我走进一栋楼,这楼是新盖的,每间房都有空调和彩电,铝合金窗茶色玻璃,卫生间铺着大理石墙面。孙胡子说,这楼专门接待副局级以上的干部,每张床位收二十五块钱一夜。

我急忙说我不用那么讲究。

"不要你出钱,"他笑了笑,"空着也是空着,今天让铁道部请你的客。"

他走到门口,回过头又问我:"王保,你老母亲,她叫什么名字?"

"薛桂英,"我说,"薛仁贵的薛,穆桂英的桂英。"

"对,我想起来了。为了她的身份,我们费了多少神。我问过那凶手,他说皮夹里只有粮票和一点零钱,没别的东西。你母亲出门怎么不带证件呢?"

我说她没法带证件,她是个刮鱼鳞的女人,除了户口簿,没别的东西能证明她的身份。

孙胡子走后,我才想到高同志的市民登记册。那上面也有我娘的名字,不过她是二百八十八分之一。在她的名字后面一定已经盖上了个橡皮图章,"注销"。真希望有一天能亲眼看看这本登记册,我要翻到王保那一页,我想那时我大概会看得头昏眼花。二十七年前,全国人口是六亿,上海有二百八十八个薛桂英。今天,我们总人口已经超出十亿,上海会有多少王保?四百?五百?六百?也许其中有五分之一还是女人。

还有一个家伙,手里也捏着这样一本册子,那是阎罗大帝。小时候,晚上不肯上床睡觉,老娘便讲这故事吓我。她说,阎罗王手下有两个小鬼,叫牛头马面,一到夜里,他们俩便把生死册捧到阎罗王面前,阎罗用红笔划掉谁的名字,牛头马面第二天就把他的魂勾到阴间。"听到了吧,"她轻轻对我说,"别出声音,要是吵烦了阎罗王,他明天就叫牛头马面把你抓了去,那你可再也见不到你的娘了。"

在阎罗王的那本册子上,我娘的名字早已被红笔勾去,我的倒还在。说不定有一天,他曾把红笔悬在我的名头上,但是他说:"这个王保,本该在二十六年前饿死,既然逃过了那一关,就饶他多活几年吧。"于是他把那一页翻过去了。

对阎罗来说,王保也只是一个名字。

八

没错,1961年多差点没饿死。不过真正的危险,还在那之前三年。

那是我们到白马湖的第一个年头,外面兴开了食堂,吃饭不要钱,农场里也是放开肚子尽吃。因为没别的菜,油水不足,每顿我至少要夯掉两斤米煮的饭。我的胃口就是在那时撑大的,可在那里,我只算是一只老鼠。

那几个月是农场最好的日子,我们吃得下,干得动,简直不觉得累。我们把白马湖四周山头的树都砍光,在山上取土,半年工夫,那么大个湖竟被我们填平了。

我完成的土方在我们全队数第一。有一天指导员拿着统计表来找我,他说:"王保,你小伙子干得不错,以后就当你们三班的班长吧。"

我在工厂时是班长,到农场还是班长,巧的是,二十二年后,我回到厂里,车间主任又叫我当班长。

到年底,说是再不能这样无限制地吃下去了,得规定个定量。那天食堂最后一次敞开供应,队领导亲自操勺打饭,他们想看看我们这些家伙一顿到底能吃多少,定量怎么定合适。

大家下午在田里便商量好了,晚上要狠狠夯它一家伙。打饭是挨着班来的,等我们三班出场,队里那些领导眼都直了。我们十个人,一人捧一洗脸盆,打了满满七脸盆饭,三盆菜汤。

指导员用饭勺点着我鼻梁说:"王保,你可不要眼睛大嘴巴小啊。"

"看着吧指导员,"我说,"要是剩下一口,你加我三年劳教好了。"

那是六点多一点,等七点钟指导员跑来查看时,十个脸盆全都底朝了天。他连连摇头,一声不吭走了。第二天早上点名,他说:"现在我算是服了,我们一队的人个个都是饭桶。"

其实我并不能算饭桶,拼足了命也只吃掉半脸盆。小矮子一人就下去两盆。看他喝菜汤那架势才怕人呢,他用一只手托住盆底,洗脸盆在他掌心里只有个碗大,他手轻轻转动,嘴凑在盆边吸了半圈,脸盆里的水位顿时跌下一大半去。

那天夜里,我躺在床上怎么也睡不着,胃里难受极了,翻过去倒过来都觉得位置不对。过了一会,开始一阵阵胀痛,好像里面有什么活的东西想硬挤出来。我想下床,可发觉直不起来腰,于是我便哇哇地叫唤起来。

小矮子跑过来,把我提下了床,他一手抓住我左臂,另一手抄在我右肩窝下,就这么架着我,在宿舍外来回走。他腿长,走一步等于我跨两步,我叫他慢些,他理也不理。我连滚带爬,迷迷糊糊的,直到鸡叫了头遍,才觉得松快些。

第二天我去场部医务室,医生对我说,幸亏是走了一夜,要是躺着,你必死无疑。

我这条命算是小矮子救回来的,可在架着我走的时候,他却口口声声说我有福气。他说,从他记事起,他就没尝过胃胀是一种什么滋味。

他自小身架就大,九岁时已经高过他爹,吃起饭来顶两个大人。他爹给他起个小名叫小矮子,想把他压住,没想反压出这么个大个子来。

他十四岁时,就能挑三百斤的担子,尽管顿顿是稀汤全家的口粮也不够他一人喝的。他爹娘吓坏了,便叫他自己出外去找零活。他什么活都干,不要钱,只要稀饭管饱就行。也有人乐于雇他,因为拼起力气,他一人能顶三个。农忙时节,他回家帮着干几天,等最紧的几天一过。他爹妈连忙再把他赶出门去。

小矮子这辈子最了不起的一件事,是差点被选进省青年篮球队。有一天他正在合肥市郊晃荡,想着去哪儿弄点活干,突然被一个人拦住了。"那是常有的事,"小矮子对我说,"那些吃饱了闲得慌的小子,常围着我看上看下,好像我是个五条腿的牛犊。我可没工夫理他们。"

不过这回不同了。那人是省篮球集训队的教练。

教练把小矮子带到集训地,他在那里住了三天。那三天里,教练成天让他跑步,让他蹦跳,让他弯下腰在地上捡球,还让他一次次投篮。小矮子说,干一个麦季他都没那么累。

三天后,教练打发他上路了。对他的评语是:没速度没准确性,反应迟钝,原地摸高一公分半。

"他妹子的,"小矮子愤愤不平,"我怎么跳得起来,他也不想想他给我吃的是什么,每顿就那么两小酒盅,没准他以为我是只大蚂蚱。"

我说:"小矮子,今晚上你总该撑够了吧?"

"还行,"他说,"总算吃了个半饱。"

农场给我们核的定量是每月六十斤,第二年减到五十,夏收一过,是四十五斤。接着四十二斤、三十八斤、三十二斤、二十四斤,到1961年春,三年自然灾害的最后一年,我们的口粮只有二十斤了,每天合六两多一点,就是说,三天的粮不够我一顿吃的,食堂里还要扣去些斤两。

大家的脸饿小了,眼睛饿大了,整天东张西望,想找出些什么,但什么也找不到。田里能活蹦乱跳的,早让人抓来吃了,连野菜都不剩一根。没人再上黑山杜去,跑不动那段山路,再也没东西能换粮食。就算有,黑山杜的老乡也不会给换,他们总算弄明白,粮食要比一切都宝贵,不过那时才明白已经晚了。他们比我们更糟,连每月二十斤的定量都没有。

那段日子人人走路都是摇摇晃晃的,什么活都干不动。管教员也知道这个,可照样每天赶我们下田。他们是好心,想让我们多晒晒太阳,免得染上传染病。大学生说:"为什么我们不是植物呢,要那样,靠着皮肤就能进行光合作用。"他是1959年底才来白马湖的,没经过农场的好日子,也没让人架着从寒冬腊月的半夜走到天明。

我们躺在田埂上,脱去上衣,把精赤的胸脯向着太阳,只有他一个还把衬衫紧紧裹着。长指甲恶狠狠说:"他还羞羞答答呢,都判了二十年徒刑,难道还怕咱们看见。"于是大学生也把衣服脱了。

他在田沟里抓了一把湿泥,抹在右臂上。那条臂上刺了一条反动标语,他想把它盖住,免得引人注目。但别人一看到胳膊上的泥巴,自然而然就会想起泥巴下的字。

那条标语叫"反共救国"。

真他妹子的反动透顶。

九

刑满释放后,大学生终于在上海第九人民医院把那条标语连根挖掉了。九院的整形外科闻名全国,他们能为烧伤烫伤的病人整容,也能为要漂亮的女人开双眼皮,装高鼻子,据说还可以做假奶。大学生躺在手术台时,有个姑娘在门外大吵大闹,哭诉医院把她的脸开坏了。医生气鼓鼓对大学生说:"她要开双眼皮我就给她开双眼皮,她要开三眼皮我也能给她开三眼皮,可我不能包她漂亮呀。她那张脸不配长双眼皮,能怨我吗?她还说她以后怎么嫁人,哪怕她一辈子找不到男人,又关我屁事。"

大学生说:"如果她真的找不到男人,我可以为她介绍一个。"他说的"一个"就是指我。

手术完了,大学生向那医生道谢。医生说谢也不必了,只是往后别来找麻烦。他还说,其实这种手术根本不用进医院,形容得夸张些,找一块粗点的砂纸打打也就行了。医生不知道,大学生以前真这么干过,他用块边缘很毛的花岗石片使劲刮自己右臂。他试过两回,可一回都没成功。因为他有个毛病,晕血,一看见鲜红的血顺着自己手臂往下流,他就直直地昏过去了。

真难以相信,就这么个见血便倒的大学生,竟然单枪匹马从厦门游到了金门。

大学生刚到白马湖时,场领导让他这个难得的反面教材在全农场进行现身说法。每到一队,他就把袖管卷起,露出右臂,一边指着那四个字,一边大声对人说:"你们都好好看看,这就是我鬼迷心窍的可耻下场。"

他大学毕业后,被学校分配到新疆工作,他没去,反正不愁生活,便在上海当了社会青年。不久他结识了另一个社会青年,听那人说,厦门和金门隔海相望,一蹦就游过去了。于是他开始鬼迷心窍。

他们从冬天起就在作准备,每天跑步锻炼,还参加了冬泳俱乐部。第二年夏天,他们来到厦门,下水前,两人说好,不成功便成仁,死也死在一块。

谁知一下海,他们便被浪头打散了。大学生认准方向拼命往前游,真被他游到了金门岛。那时他激动得直哭,人说他万万没想到前面是什么在等着他。

国民党的兵把他押到一间黑洞洞的石头屋里,逼他承认是共产党的间谍,他说不是,那些兵说还狡辩,就把他捆上,一顿皮鞭。血从他额头上淌下,他昏过去了。他那晕血的毛病,就是在金门得的。

大学生被拷问了三天,三天后,国民党在他右臂上刺了字,给他松绑。他们说,对不起,你说你反共,真心投奔自由世界,可我们还不能相信你。现在我们派你回大陆去,你在那里干一件事,下毒暗杀爆破都可以,这样我们就知道你是真是假了。他们给了他一包炸药一支枪,顺潮把他推回厦门。等上了岸,大学生便向遇上的头一个解放军自首了。

"我那位同伴的历险要简单些,"他告诉我们说,"所以他只判了七年。这小子刚下海就乱了套,连呛了几口水,他以为自己要死了,就在这时,他看到了个花花绿绿的小岛。他爬上海滩,抓了两把沙子,跪在地上大叫:'自由了,我自由了。'等别人把他扭送到派出所后,他小子才知道,那个岛是鼓浪屿。"

躺在田埂上晒太阳时,他们让大学生把他的历险记讲了一遍又一遍,听到后来人人都厌了,大学生就给我们说三国演义,他经常在一些紧要关头刹住车,向人勒索根把烟,他抽去一半,把烟屁股丢给我,他还没忘记我供他抽烟的事。

那时候,小矮子渐渐不行了。他连着发烧,每天夜里说胡话,就这他硬撑了几个星期。有天早上他去厕所大便,一跟斗跌在粪坑边,再也没回过气来。我们把他埋在山脚下。虽然他身上瘦得只剩张皮,可恐怕还有二百来斤,十个人扛他,还累得半死。

我们在山脚下刨了个浅坑,把小矮子放进去,盖上土,然后大家都坐在地上粗喘,谁都没力气回宿舍去。大学生说:"大科学家达尔文上了一个小岛,看到那岛上只长了些矮树,他观察几天,发现那里海风很大,树一长高就被刮断了,所以只有矮树才能生长。达尔文就从这上面,得出了物竞天择的原理。"

这么看来,我们这些没饿死的,全靠着爹娘没给我们小矮子那样的个头。

十

下了火车,我便看到了那座桥。那桥架在两山之间,从站台这边望去,好像是在天上。

孙胡子一直把我送到火车边,他对我说:"到卧牛关,你不用出站,站在月台上向左面看,你就可以看到那座桥了,你母亲就是从那桥上摔下山沟的。"

"怎么回事?"我问,"你不是说我娘是被那个姓金的从火车上推下去的吗?"

"是啊,可那是,列车正巧从桥上过,你明白吗?要不是那么巧,你老母亲很可能不至于死。"

我全明白了。那姓金的并不想要我娘的命,他犯不着那么干,他要的只是粮票和钱。当他打开列车车门时,正是半夜,外面一片漆黑,呼呼的凉风直往他脖子里灌,他心急慌忙,把老娘推了出去,他根本想不到火车是走在桥上。

"只能怨运气不好。你妈倒霉,他也倒霉。他害了你妈,也害了他自己。"这是卧牛关的站长听过我娘的故事后,为他们俩作的总结。

我们在站长办公室歇了一会儿,喝杯水凉快凉快。站长说他是三年前才到这儿来的,没听到过我娘的事,站里也没有记录什么的可查。不过他让我放心,站上有位退休巡道员,就住在附近的村子里,那老头是个活档案,六十年中车站发生的任何事他都知道。

我们走出车站,顺着条大车路往下走。站长问我:"你一定非常恨那个凶手吧?"

"怎么说呢,"我答道,"当初我根本不知道我娘是被谁害的,现在我知道了,可我娘已经死了二十年了。"

那姓金的把老娘推下黑洞洞的深谷时,阎罗王也把红笔悬在他名头上了。可我连他的名字都不知道,对于我来说,他只是一个姓。

活档案住的村子前头垒着一道土堤,堤下是一大片绿油油的稻田,一股沤烂了的绿肥的气味直刺鼻子。在稻田那边,几座土墙房子在树丛中露出茅草屋顶。

我想起了白马湖,我说:"这里的景色真像是白马湖。"

"白马湖是什么?"站长问。

白马湖不是什么,只是一个很长的故事,能讲二十二年的故事。

1980年,我和大学生离开了白马湖农场。指导员送我们上汽车,还真有些个恋恋不舍,他望着一大片绿油油的稻田和四周那些秃山头,对我说:"想想,你也没有什么可埋怨的。你到底回上海了,而我呢,还得在这里待下去,一直待到退休。你就算吃了二十二年的官司,可我是无期。"

他好像认为我在埋怨他,其实我并没有这个意思。他是个好人,我没饿死,也有他的一份功劳。最困难的时候,他常常派我到农场外去出公差,这就是说除食堂的定额外,可以领一份出差粮,要是你有粮票和钱,还能在镇上狠狠吃它一顿。这样吃一顿能管上好几天呢,所以全队都传说我是指导员的红人。

实际上,早在1966年,指导员就打算放我回家了。可给场领导打了几次报告,场领导也表示同意。可就在那年,"文化革命"开始了,我没回成上海,留在农场当了职工。

我过了几年清闲日子,没人来管我,也能吃饱,留场职工工资虽然不高,可在这地方足够花的。只是从新来的犯人口里,我才知道外面已经乱成了什么样子。

那几年,我家老头子过得也很清闲,只是美中不足,他那架破收音机里,不再播放筱文艳的"秦香莲"了。

不过有的人家就没那么清闲。大学生回到家里,发现他们家已经被扫地出门十来年了。他爹他娘、两个妹妹、一个弟弟,那时再加上他,整整六个大人,都挤在原先的汽车间里。"他妹子的,"大学生说,"简直是个男女生混合宿舍,比白马湖的草棚差远了。"

那汽车间底下是个化粪池,楼上一抽马桶,地底就咕噜咕噜直响。有一次,清洁站两个多月没来抽粪,粪水从盖子缝边冒了上来,漫得满房间都是,可他们一家照样在里面吃饭睡觉。

"想想也真不容易,"大学生对我说,"我妈妈是中西女中毕业的,跟宋氏三姐妹是校友,全套外国教育。吃饭时我们兄妹几个谁声音响些,她就要骂我们匹格,就是猪。那回我实在忍不住,说了声去他妹子的清洁站,她对我眼直直的,像是马上能吐血。"

我想象真吐出来才热闹呢,娘吐了血,儿子就昏过去了,脚下还是一地大粪。

就像毛主席说的那样,这次运动的重点是整那些党内走资本主义道路的当权派和资产阶级反动权威,跟我们无关,只不过让我在白马湖多陪了指导员十三年。

我回到厂里,车间主任接我去车间。我问他还记不记得,1958年我去农场,他叫我快去快回。现在我总算回来了,可时间已过了二十二年。

"是啊,二十二年了,"他说,"可二十二年后,我不还是个车间主任,也没加过一级工资。"

主任让我去干我的老行当,开车床。当我按下电动马达开关时,我的手都在发抖,我怕我已经不知道怎么干活了。可事情好像还不算太糟。长指甲曾经说过,有些本领一旦学会了就很难忘掉,比如骑自行车,还有摸人的口袋。看来开车床也属于这一类。

下班前,车间质量检验员走到我身边。我当然没见过他,二十二年前,他是否活着还是个问题。"王保,"他不客气地说,"听说你也是个老师傅了,怎么干出这种活来。全得返工。"

我暗暗骂道,小把戏,你神气什么,想当初你师傅的师傅的师傅,不过是我徒弟的徒弟。

这是回车间第一个星期的事。过了半年,主任又任命我当了生产班长。

我重新当上班长,又重新进了厂足球队,以前的事跟现在又连接上了。说来很怪,和离厂时的感觉没什么区别。我想是不是有谁把表拨快了,过去的不是二十二年,而是二十二个月,二十二天,或许更短,就好像是在球场上踢球,忽然下面喊有王保的电话,有人在电话里对我讲了一个故事,一个很长的故事,听完之后,我又上了球场,比赛继续进行。

在厂足球队,我仍然踢中锋。比过两场,发现对方后卫跑得比较快,他们就让我改守球门。我"铁门"的称号挂了几个月,直到两年前和兄弟厂的一场友谊赛里,我的肘骨肌折了为止。大隆厂一个前锋像匹野马似的朝我冲来,我抢在他起脚前把球扑住了,当时我只听到咔嚓一响,拍过片子才知是骨折了。自那以后,我再没上过球场,老老实实当了热情观众。

就在我绑上石膏在家休养的那几天里,有个意想不到的客人跑来看我。

我打开门,不觉叫起来,"他妹子的,是你呀长指甲,你也出来了?"

"那又不是什么好地方,我干吗赖着不出来呢。"他说。

长指甲说他来上海办点事,想回家乡作买卖去。他没说办什么事,我自然更没有问他。他告诉我,白马湖如今已糟得不成个样子了。每年春天,山水从四面下来,把稻田冲得稀里哗啦,也没人手开沟筑坝。他离队时,场领导正在考虑把大部分田地承包给黑山杜的老乡。

"要是班长你现在回去,可认不出咱们干下的工程啦。唉,看着心痛啊,我真不明白,他们干吗不多逮些能干事的,去顶咱们的窝呢。"

"喂,你忘了吗?"我说,"当年就因为这么句话,你被指导员加了两年刑。"

"他妹子的,可不是吗。"他哈哈大笑。

十一

老头子生前的最后一个愿望,是要我赶快找个女人成家。我知道他不死心,想让我们王家的根子在上海扎下去,那些日子里,他成天唠叨的就是这个。虽然他没能看到这一天,可他真让每个常来我家的人都觉得自己负有为我找老婆的义务。

大学生也替我介绍过三次对象。第一次他有点郑重其事,头天晚上专程来找我,交代到半夜。他让我把头发吹吹光亮,换套干净衣服,还告诉我女人喜欢听些什么看些什么,我又该说些什么做些什么。他说得津津有味,我没好意思打断他。不过照我想来,他和我一样,在这方面一窍不通。关于女人的事,我们只是从白马湖的那几个流氓强奸犯嘴里听到过一些。

相亲安排在静安公园。我们在茶室里坐了一阵,双方介绍人便起身离去,大学生叮嘱我陪女方多走走,可他还没回到家,我倒已经等在那汽车间的门口了。

"你真有一套啊,王保,"大学生嚷道,"这么快就谈妥了?"

我说:"大学生,要是你真为我好,往后能不能别再介绍这种刮鱼鳞的老太婆过来。"

"你胡扯什么,那女的比你小一岁呢。不过。"他盯着我,像是生平第一次看清了我的面容,"他妹子的,你小子倒还真是不见老呀。"

我的确不见老,我常常以为自己只有二十一岁,干活的劲头好像才三十出头,介绍对象时,他们说我是四十多点,其实那会儿我已经四十九岁十个月零二十二天了。

没多久,大学生又替我物色了一个。他说:"王保,这回保管你满意了,人家是黄花闺女,才三十岁。"

从公园出来,我陪黄花闺女走了半条街,没听她吐过一个字,临了她说对不起,她忘了还有件要紧的事得办,我说没关系,反正我没什么要紧的事,便把她送上了电车。

回家路上,我跟自己开了个玩笑。我说,王保,要是你成亲早些,像乡下你叔叔在那年岁上就有了小孩,那你的女儿也该有她这么大了。要她真和你成家了,往后走在街上,别人问你,王保,你身边是不是你女儿,不知那时你心里是什么滋味。

相亲相多了,连班组里的同事都摸出了规律,他们每见我吹了头发,就会问:"班长,今晚上又有活动?"

"什么活动,"我说,"散一次步吧。"

我的相亲确实就是一次散步,大多数时间连散第二次都用不着。女人听说我过去就浑身发冷,我唯一的优势是独占着一间房。可这跟年龄、工资和存折一比又显得轻了。不过我也没什么可埋怨的,这种散步至少对我有一个好处,让我戒去了二十年的烟瘾。如今女人都希望老公不抽烟不喝酒,不买衣服,一句话,不花钱,她们要的是一匹又能跑又不吃草的马。

根据物竞天择的原理,说不定今后的马都能那样。

在我快要灰心意冷的时候,我终于遇到了我的老婆。那天大学生跑来我家,"王保,"他说,"我手头现在有一个人,别急,你先听我说,绝对不是刮鱼鳞的老太婆,也不是黄花闺女,她是纱厂的女工,三十九岁,名叫李秀兰,长得很清秀,人爽快,也能干,我见过,蛮不错的。她结过婚,男人去年工伤死了,她跟原来那婆婆相处不好,急着要搬出那家。只是存在一个问题,她有个男孩,已经十一岁了。你听清楚了没有?"

"你说吧。"我说,"几点在公园见面?"

这次相亲有点特别,我们没去公园,也没逛街,大学生直接把她带到我家里来了。她开门见山说:"王保,我们都是过来的人,用不着躲躲闪闪。你的情况我都知道了,我不嫌你,我的情况你也知道了,你不嫌我的话,我们俩就算成功,只是我年纪也不小了,我没胃口再生孩子。"

我说没关系。说实在的,我把不准自己还能不能干那件事。

"我还没说完,问题是,关键不在我身上。你知道我有个儿子,他是我的命根。如果你和小东谈得拢,我们俩就好,如果你们谈不拢,那么我们就算了。"

我好容易才明白过来,她是要我跟她的儿子谈恋爱哪,真不成话。

星期天,秀兰把儿子给我送了来。我带着他,先到复兴公园坐碰碰车,再去逛淮海路。我有点不知怎么待他是好,给他买棒冰,他不要,买气球,他也不要。国泰电影院正重映旧片《少林寺》,我带着他坐了进去,看完之后,我问小东怎么样。

"好看。"他说。说罢右拳照我脸上虚晃一下,左腿飞起,向我小肚子踢来。

"哈,醉拳。这招我能对付。"我把他飞起的腿拍了下去,"不瞒你说,《少林寺》我都看了三遍了。"

"不瞒你说,我看过六遍。"小东笑着说。

我告诉他,我十一岁,像他这么大的时候,就跟着我爹爹从苏北来上海逃难,住在马路边用草席搭成的窝棚里。后来陈毅市长派了好多干部,挨家挨户动员我们回乡,可没人理他。

"陈毅市长?"小东说,"我知道。我看过那部电影。他是个好人。他叫你们回乡,那你们为什么不回乡呢?"

我对他说,并不因为谁是好人,我们就一定要照他的话去做。不过我想小东还不懂这个道理,我自己,也是等到二十岁之后,才逐渐明白的。

有一件事,直到结婚时我才弄明白,就是大学生手头哪来的那些女的,能一个接一个替我介绍。

回上海后,他被安排在街道加工厂,和回城的老知青一块工作。我和秀兰成亲时,他告诉我,其实那些女人,包括秀兰,都是别人为他介绍的,被他转手派司给了我。我问他怎么不想想自己的事,"我不急,"他说,"我要寻找一种能让我激动起来的感情。如果找不到,我宁可独身。"

他比我大两岁,在我号称四十多点时,他已经五十出头了。但愿他能够找到。

我不知道我自己找到了没有,不过我和他找的不是同一种东西,我们本不是同一种人,尽管我们在一起待了二十年。同样,我也不知道秀兰和我找的是不是一种东西,有时我觉得是,有时又好像不是。

有一次我听到她说:"王保,我嫁你真是嫁错了。我原想找一个男人来管管儿子,没想到找到一个老小孩。"

她说的是我和小东抢书看的事。我从厂图书馆借了本武侠小说,回家就被小东抢过去,他从吃饭前看到十点,直到秀兰逼他上床睡觉。我接过班,看到半夜一点三刻。第二天天刚亮,发现小东已经在被窝里看上了。

当然,秀兰也没什么可埋怨的。小东是她的命根子,我又是命根子选定的。她对我讲过,我们俩去登记前,她曾一本正经征求过儿子的意见。小东好久没开口,后来他说:"反正你总要替我找个后爸爸,我就要王保好了。他是个好人,他还说过,我用不着听他的话。"

十二

满五十岁的时候,我王保终于有了个家。车间里有些小青年对我说:"王保师傅好福气啊,又讨老婆又得儿子,没说的,你这回非得大大的请客。"

从出生到现在,我总共听到过两次有谁说我福气好,每次都有个莫名其妙的理由。小矮子说是因为我能被胀死,他们是因为小东。我不怨那班小青年,他们人不坏,只是爱开开玩笑。可是我也不准备请他们喝喜酒。我要学学现时的新潮流,旅行结婚一下。

老头子过世后,他的骨灰一直待在家里,我把他放在那架收音机旁边,我想他准会喜欢那个地方。一年前,乡下叔叔把他带回了苏北老家,给他安下个坟。我打算和秀兰、小东一块去老家,一来给老头扫墓,二来让小东看看农村。他也许一辈子都不会下乡了,当然,还得看他会不会染上我那样的好福气。

我们在乡下过得很舒坦,叔叔和婶婶待秀兰不坏,他们家承包了一个养鸡场,有的是禽蛋让我们吃。最高兴的还是小东了,他整天跟着我的小侄儿在后山跑。回来吃饭时,身上没一处是干净的。挨他娘训时,他申辩说:"这是泥吗?是血。有一伙毛贼在乱坟岗上暗算我们弟兄,让在下杀得丢盔弃甲,亡命而逃。"

老头子的墓就在那个乱坟岗。回上海前一天,我在那儿站了很久。他的坟垒得有一人高,底圈用青石块围着和里面放的骨灰相比,这坟实在是太大了些。我想起老头儿临死时对我说过的话,如今他已经应了心愿,可我老娘还不知身在哪里呢。

我顺着放牛路回去,刚到村口,看见堂弟向这边跑过来。"大哥,快,"他气急败坏地说,"快回家去,我爹到处找你呢。"

我被他拖着跌跌撞撞进了家,叔叔正等在门口,他一把拉过我的手腕,说:"快进去,你娘有话要对你说。"我想他是不是在发烧,老娘都死了快三十年了。

叔叔家的屋子是里外两间,这次我回乡,他把里间让给我和秀兰住。我走进里屋,看到婶婶盘腿坐在我们的床上,眼睛直瞪瞪的,嘴像在嚼橡皮糖似的动个不停。一见到我,她两眼一亮,尖声叫道:"王保,我的儿啊!"

我糊涂了,不知说什么好。叔叔在我手上掐了一把,"快答应呀,"他说,"你娘附在你婶子身上了。"

我低声应了声娘。

"王保,我的儿,我好想你啊,"婶婶暴出两眼看我,看得我浑身冒冷汗。"我的儿,娘想你啊,你可知道?娘死得冤哪,那恶鬼把娘害了,不让娘到你身边去,他抢去了粮票,可没抢钱,钱还在娘的贴身口袋里,给你留着呢,你怎么不来拿呀。我的儿,娘这些年过得苦啊,娘是个野鬼,无处安身,娘想回家来。王保儿,你的日子好过了,可娘苦啊。"

"娘,你别哭了,儿子一定把你带回来。"我语不成声,扑通一

110

下对着我婶婶跪了下来。

　　大学生听我说过老娘附身的事,笑得前俯后仰。"班长同志,"他说,"难道你真相信这种鬼话?"

　　"要是别人说,我当然也不信,可那是我亲眼看见的呀。告诉你,我婶婶当时说话的声调和我老娘一模一样,再说,她怎么会知道我娘把钱藏在哪儿啊?"

　　"在我听来,苏北人说话的声调从来都一个样。算了,你别胡扯了,如果你妈妈真想跟你说话,哪里不能说,干吗老远路跑到苏北去?"

　　"听我叔叔说,城里人太多,鬼魂不敢进来。"

　　"又是胡扯,"他说,"活人麻烦就够多了,要是死了的再来挤热闹,那叫我们怎么过。"

　　他家那时已经搬出汽车间,上面落实政策,把一大幢洋房还给了他爹。为了各占几间屋子,他们四兄妹闹得不可开交,都去过了派出所。大学生对我说:"全家挤汽车间日子和和气气的,现在有房子了,反倒摆不平。早知道这样,不如住一辈子混合宿舍呢。"

　　活人的麻烦就是指的这个,不知达尔文能从中得出些什么原理。

那天,婶婶说过那番话后,把我们搁一边,自己竟睡着了。虽然是四月里,天还很凉,可我就像刚下了足球场似的,额头上的汗水一摸甩一地。过了一会儿,婶婶伸个大懒腰,下床去灶上做饭,等吃晚饭时我再问她,她却什么都记不起来了,我嘴张得老大,半天合不拢。秀兰说幸亏她当时不在,要不准吓得半死。"可这有什么吓人的呢,"叔叔说,"那是你婆婆呀。"

叔叔说。上海的大城市,人多嘈杂,阳气盛,死人不敢去,他们喜欢乡下,靠水边阴气重的地方。但他又说,现在乡下也不太平了,人越生越多,房子越盖越大,汽车成天进出村口,吵得鸡不肯下蛋。"从前我们这里狐狸獾子什么没有?下雪天,你爹常带我去草垛里夹黄狼子。现在你再试试,连野兔子都难逮到一只。看吧,要不了多久,死人也不会回来啦。"

听他的口气,似乎鬼也是人类的受害者,就像那些快灭种的大熊猫似的。

不管信还是不信,我告诉秀兰,我要去找老娘的坟,要是能找到,就把她带到苏北老家去,和老头子埋在一处。秀兰问我上哪儿找去。我说先到蚌埠碰碰运气。

"真是的,"秀兰说,"那天怎么忘了问问婶婶她在哪里。"

我原打算回到上海后立刻就动身,可总有事拖着,直到七月里才请出假来。小东和我一块去火车站,那时学校也放暑假了。我排队买车票时,我让他到对面食品店买了一个干净塑料袋。

"你要那个干什么?"他问。

我没告诉他。我不知道他应该管我老娘称作什么。

十三

那位巡道员的家靠着村口,我们来到他家,他还光着膀子躺在凉床上睡觉。站长费了好大劲把他摇醒,等洗过把冷水脸,眨了五分钟眼睛,他老人家才算听明白我的故事。"不错,有这么回事,"他点头说,"可你现在还跑来干吗呢?"

巧了,原来我娘的尸首就是被他发现的。那天早上他像往常一样出去巡道,他的路线是从车站走过桥,到山的那面,大约有四公里。四公里以外的路轨,由下一站管。事情是他走回头时发现的,那会儿他比较悠闲,因为道都查看过了,走到桥上,他无意中向下面望了望,看到一堆黑乎乎的什么东西,于是他便从桥头边的山路下到谷底。

"那会儿我可真吓坏了。咱卧牛关是个小地方,都是老实巴交的乡里人,从没有闹过杀生害命的事。我跑到站上报告站长,不是他,是老站长,早几年得血痨死了,他也不信,自己还下去看过。咱打了个电话到分局,顶傍晚蚌埠来了俩公安。他们把那女人翻来翻去弄了一阵,说把她埋了吧。我跑回村里找人,没人肯干这事,后来站长许了每人一块钱,才出来三个老头。他们问我怎么埋,我说就随便找个荒山头埋下,反正要不了几天这女人的亲人就会来把她领去的。"

结果他白等了几天,没人来。这里有一个很长的故事,他不必知道了。

我说我现在不是来了吗。

"现在?"老巡道员说,"只怕那女人的骨头都快化了。"

他问我是那女人的什么人,我说我是她儿子。他没问老娘的名字,我也没报。对他来说,她一直只是个无名无姓的女人。

我们往村后走。那是条上坡路,没一会儿村里的屋顶和树冠全在我们脚底下了,巡道员快步走在前面,一点也不像个七八十岁的老头。我们爬上一面坡,眼前除了黄土便是青石,就像白马湖边那些被削光的山头。太阳光无遮无挡地照耀着我们,我的衬衫粘在了皮肤上。

"到了,就是这儿。"

老巡道员站住,指了指他脚前。我看着他指的地方,那儿和四周没什么两样,地面稍微有点突起,长了些稀稀落落的爬根草,这不像坟,只是个小土包。

"你不会搞错吧?"站长问。

"搞错?"老头说,"是我让他们抬这儿来的。"

"不是,我是说那么多年了,你会不会把它跟别人的坟搞混了?"

"你不知道,这坡上就这么一个坟,村里的人家坟在那边山头上。"巡道员转身对我说,"这里原是荒地,没个名字,就打你妈埋在这里后,村里把这坡叫成野鬼坟。上野鬼坟打草,上野鬼坟放羊,哪家娃儿耍得忘了归家吃饭,妇道人就叫男人到野鬼坟喊去。你想我能搞错吗?"

我想他是不会搞错,尽管这里环境不舒适、风景不优美,可它多半就是我娘的墓地。"那就别耽搁了,"我对他俩说,"我还要赶下午的火车。"

老巡道员回村去取铁锹,走下几步他身影便隐没在山坡后面,我望向远处,又看到那座桥。现在它不像是在天上了,而在正前方,好像伸手就能抓住。我忽然生出种奇怪的想法,就像是一串珠子散落了,孙胡子捡到一颗,高同志捡到一颗,退休巡道员捡到一颗,老头子也藏着一颗,我正试图把他们穿起来。现在只剩下最后一颗珠子,也是最大的那颗,可能就埋在我脚底下。

老巡道员扛着铁锹上来了。他把锹塞在我手里,说:"有件事我得让你知道,你妈的尸骨怕是不全。我们附近村里狗多,你妈下葬时又没备棺木。"

我请他别说了,我知道这景象。当年小矮子的身体被野物扒出来过两回,撕得零零碎碎,有条腿拖到了宿舍门前,直到我们用大石块把坟整个压住才太平。

我把铁锹踏进坟里,出乎意料,这里的地并不板实,随着我扳动锹把,泥土花蕾似的绽开了。这时候我手软了,不敢把土起出来。我害怕会突然听到老娘的哭叫声。当年填平白马湖时,我们掘过很多乡下人的坟,老犯人一面掘,一面说会遭报应的。我想今天该是我遭报应的日子了。

站长从我手里拿过锹,接着挖下去,他把掘起的土扬到一边,然后用锹背拍松,让埋着东西露头。不一会儿,原是土包的地方变成一个坑,坑边又起来一堆鲜土,我俯在鲜土堆上,把沾泥的白骨和一些碎片拾到旁边。火辣辣的太阳射过来,我额头上的汗顺着鼻子沟流进嘴里。站长喘了口气,一躬身,又是一锹土飞了过来,有件东西在阳光下一闪亮,就像是黑夜里的流星。

二十九年前,我离开上海去白马湖的头晚,我们全家三口人最后一次聚在一块。老头子拉扯着他在苏北乡下的旧事,老娘坐在板凳上为我补衬衫领子。她边补边流泪,手忽上忽下引着线,指头上套的顶针箍在灯光下一亮一亮闪着我的眼。

"别挖了,"我说,"这是我娘。"

我从土堆上拾起了那个白铜顶针箍。

我们顺山路往回走,老巡道员在前,站长在后,把我护在中间,一切都像来时一样,只是我手里多了个塑料袋。在我把老娘的遗骨捡到袋子里去时,老巡道员捧过一把鲜土。"把这也装上些,"他说,"你妈在咱这里住了二十多年,好歹也算是卧牛关的人了。"

回到村里,我们在老巡道员家门口站了好一会儿,村前有些女人和小孩,好奇地看着我手中的口袋。我向老人道别,再一次谢了他。他说谢什么,这也是缘分,当年是他埋了我娘,今天又是他请她出土。他向村后的山坡望了一眼,"不过那山头的名是不会变了,再过几百年,卧牛关人还得管它叫野鬼坟。"

在中国地图上,有些地方是用人的名字来标称的,好比志丹县、左权县,现在我知道了,其中还有一个以我娘命名的山头。这真叫我不知说什么是好。

我们走到车站,站长替我办了去上海的联票,车还没来,他领我先进了站台。那座桥架在两山之间,从站台这边望,就像在天上。太阳已经偏西了,血红血红,映得桥透体发光。

站长站在我身旁,也望着那桥。他还很年轻,我看见一点点的汗珠渗出他刚发青的上唇。他告诉我,他是青岛人,1983年从南京铁道专科学校毕业。他说刚分到这个小山沟来时,他也差点想从那桥上跳下去。

我说有些事,要是你向前看,你会觉得黑压压的一片,像永远望不到头似的,你简直恨不能死了好。可等到你向后看时,你准高兴你还活着,尽管你还有些后怕,奇怪自己是怎么过来的,但反正你已经走过来了,就是他妹子的这么回事。

"我记住你的话。"他挺认真地说,好像我是铁道部部长。

十四

我没想到蚌埠到南京的慢车会有那么挤,座位都客满了,走道上还都站着人。列车员大声吆喝,让上车的往车厢里走,然后把门一关,躲进自己的小屋去了。

火车出了站,哐啷哐啷走上那座桥。我贴着窗向下望了望,只看见深深的谷底,却看不见桥身。要是没这座天桥,我娘兴许不至于死。

我走到车门边,那里比较松些。一个小青年在地上铺了张报纸,坐在上面,身旁堆着七八个满满实实的大旅行袋。我把塑料袋放在角落里,身子靠在门上。我娘就是被人从这地方推下车的,要是那天晚上,381次车也这么挤,她多半不会死。

要是她不去白马湖看我,她自然不能死。回厂后不久,因为调工资的事,我到局组织科去过一次。有个干部在档案柜里翻了半天,找出一份发黄的文件。"你还来干什么?"他搔着头皮说,"不是早就给你们这批人平过反了吗?"

我看着他指的那几行字:"……至于少数觉悟较低,发表过错误言论的工人,则以教育为主,不戴反社会主义反党反人民的帽子。已经作出处分的,应予撤销。"原来那次运动也和我无关。

我抢过文件,从头到尾看了一遍。那上面盖有红彤彤带国徽的大印,日期是1959年2月,就在我到白马湖半年之后。

要是我那时就能回上海,老娘当然也不会死。但不知为什么,我们从来没听过有这份文件,也许是他们忘了往下传达,也许是农场领导真想留我们在那儿移山填湖,改造大自然。

要是这些事情真的都发生过,要是没有那天桥,要是车上挤满人,要是她没来看我,要是我在她来看我前就回了家,要是我娘那时没死,现在,她大概也死了。人总是要死的,或者油干灯灭,或者生癌。或者是车祸。我想着沪杭公路上因车祸被烧死的那些人,他们都是参加旅行社去杭州度假的。一秒钟前,他们还谈论着爬山划船和西湖醋鱼,一秒钟后,他们已经像只肥鸭似的挂在了烤炉上。

当然,他们的亲人会领到一笔抚恤金。听说也有份文件,规定中国人赔两千人民币,外国人三万美金。

斜阳透过车门的玻璃照进来,照在我手指上的顶针箍上,反光在车顶上闪动,像一只白蝴蝶。我不知道这顶针箍是用什么制成的,埋在地下二十七年,居然还是这般亮。我想它里面会不会有金银的成分,要是有,或许可以给秀兰打一个结婚戒指。

"哎,你怎么啦!"坐在地上的那小青年突然看着我说,"你哭了吗?"

我想叫他别胡扯,但是脱口却说出一句:"去你妹子的。"

接着我转过身,把脸冲着窗外。

我想我的确是哭了。

浪漫主义者和病退

我能回到上海,全是猎狗的功劳。我为有他这样一个朋友而感到骄傲。

四眼调走以后,我觉得乡下的日子越来越烦闷。倒不是我和博士、蟹兄处得不好,相反,我们三人似乎都学会了互相容忍,一些摆在以前能引起爆炸的事,这会儿最多只碰出个火星。仔细想来,这兴许也出自我们的不安感,就像一张方桌掉了一条腿,另外三条只能协力维持平衡。但这有什么用呢,毕竟是缺了一条腿啊,何况四眼这下流坯在我们集体户里一直起着种万能胶的作用。大概就在这时,我生出了病退回上海的念头。

舍此我没别的路可走。出身不好,表现也不怎么好,没有后门,上大学无望,招工无期。又不像四眼,有亲戚在江南小镇的社办工厂里,可以调到那儿混个采购员什么的。于是成千上万像我这样的都前赴后继奔了这条道。回上海过春节时,我正式向家里提出了这个想法。当时我的问题是身壮如牛,每顿八两。每看到我的吃相,妈妈都吓得不敢动筷子,生怕我把有限的生活费一口吞了。上哪儿去找个病呢?我深深体会到无病呻吟的痛苦。同里委有个在江西插队的知青,为了这痛苦,狠狠心把手伸进了拖拉机的皮带轮,用一个小手指的代价换回户口。我没魄力那么干,因此哥哥把他一个同事介绍给了我,那同事就是猎狗。

一见面我便知道他凭什么赢得了这个雅号。他三十左右,个子不高,精精瘦瘦的,有一头卷发,两根细如麻秆的小腿。他眼睛乌黑贼亮,不停地转动,似乎有使不尽的精力热情等待着施展发挥。"你想搞病退?"他不当回事地说,"放心吧林肯,包在我身上。我已经替二十多人搞病退了,还没一枪落空呢。"惭愧的是,当时我并不那么放心。哥哥作介绍时有一定程度的保留,说猎狗熟人多,也很热情,只是说话不一定靠得住,所以我也有了一个先入之见。

我们第一次出击在大华医院。之所以选在大华,据说是因为猎狗有个表弟在那儿当班。那天门诊的人很多,在那冷冰冰的长条椅子上坐着的,大多是脸膛黑乎乎的青年人。我们等了整整两小时,猎狗的嘴基本没停过,就像我是他多年的好友。他对我说了他的家庭,他们学校的情况,还有好些关于工宣队的笑话,后来他从贴胸的口袋里掏出个皮夹,让我看里面插着的一张照片。

"这是我的女朋友。"

"很漂亮。"我看了一眼,有点言不由衷地说。

他把照片歪过来斜过去欣赏了一番。"还可以,不算太漂亮,然而非常天真,非常纯洁。我就喜欢这种类型的女孩子,为了她,我愿意作出一切牺牲。"

我们又谈了些别的,眼看轮到我进门诊间了。"林肯,"猎狗说,"虽然我表弟在那里,可你还是要配合一下。记住我对你说过的话,给你量血压时,你得两腿用力撑着,屁股只挨一点椅边,这样血压稳能打到二百。还有,你千万别紧张,要面带微笑。"

我走进门诊间,向着医生微笑。医生看了我一眼,那模样像是只缩在墙根儿打瞌睡的猫望着从身旁爬过的西瓜虫。我怀疑他不是猎狗的表弟。他满脸皱纹,看上去至少有四十五岁。我心里开始发慌,这毕竟是我生平第一次装病,但愿紧张能使血压更高一些。大约我干得不坏,因为那医生看血压计的时候,露出一副古里古怪的表情,好像眼珠被一种无形的力压出眶来。不过那也只是一闪的工夫。"来吧,"他把我领上检查床,"你太紧张了,放松一下。"就在我放松之际,他把橡胶带裹在我臂上。我知道这事砸了,猎狗忘了教我能躺在床上运用的花招。

"真抱歉,"出得医院后,猎狗对我说,"我表弟今天没上班,让你为难了。没关系,失败乃成功之母,我还有不少高招呢。再说冒充高血压原本就不太理想,那得一次次量,积下尺把厚的病历,才能报给乡办。我们想一种立竿见影的病。对了,糖尿病如何?"

我买了一斤水果糖回家,坐在床边守闹钟。这是猎狗的指示,他让我在晚上九点以后一鼓作气把糖吃掉,嘴嚼的时间还不能超过半小时。"糖尿病,"他说,"是一种因胰岛素不足引起的糖代谢紊乱、血糖增高为主的慢性病,重的话能死人。你今晚吃下一斤糖,明早血糖准高,这是我的一个医生朋友偷偷告诉我的,错不了。"我在九点十分到四十分之间把那斤糖干掉了,平均每分钟咽下二又三分之二粒。那感觉很难形容,反正到最后只觉得口腔是座高炉,里面流动的像是滚烫的铁水。从那以后,我再也不碰带甜味的食物了。

第二天一早,我俩直奔天平路地段医院,猎狗说那医院的内科主任是他亲戚,这回万无一失。进了院门,我送尿样去化验室,他去找内科主任。不久,猎狗竟被两名身高力大的勤杂工骂了出来。跟在他们后面的那个怒气冲冲的家伙大约就是内科主任,他走到门口,对守卫的说:"这人可能有精神病,硬说他二叔的女婿的舅子是我表弟,缠不清楚,以后千万不要放他进来。"

猎狗气得面无血色,大骂那主任势利眼,六亲不认。我一路安慰他,说没熟人也不要紧,反正那一斤水果糖货真价实。然而那年头没人还真办不成事,要不就是水果糖质量太差,拿回化验单一看,所有的指数都正常,不知那一斤糖果从哪条道上跑了。

原以为猎狗经过这次打击会消沉些,这说明我根本不了解他。过了两天,他乐呵呵来找我,一见面就掏出皮夹。

"噢,很漂亮。"这回我说得一点不勉强,照片上那女的确实讨人喜欢。"哎,上次那个呢?"

"断了,"他立刻显出痛苦,"说真的,我们之间的感情已经很深了,可她父母反对。她是独生女儿,父母把她视作掌上明珠,觉得我一个小教员配不上她。她说要和我私奔,再不就一块儿自杀。

你知道我听了这些话有多感动！可考虑再三,为了她的幸福,我决定还是离开她。怎么样,你能替我介绍一个吗？"

我不知道他是真是假。"我替你介绍？我们那边林场倒有一个上海姑娘,长得不坏,但她是知青,你是上海的中学教师,这差距可是太大了呀。"

"你太小瞧我了,"他义正词严,"如果有那种伟大的爱情,哪怕走到天涯海角,我都会去的。算了,不谈这个,谈正经事。你知道一个人身上有多少块骨头吗？"

"不太清楚,你是指排骨还是什么别的？"

"二百零六块。我有个表妹在云南农场,我带她去医院把每块骨头都拍了片,终于找出块长歪了的,上个月她退回了上海。我看,你也这样干吧。"

我支吾了一阵,想寻求一种委婉的方式,可后来我突然感到厌倦,便直截了当拒绝了他。我说我身上多半或者准定有那么一块骨头生得不是地方,但我目前的经济状况不允许把它们全拍成标准照,因而只能由它潜伏下去。

猎狗使劲拍着自己的脑袋。"是我疏忽了。我怎么就忘了你没有公费医疗？这样吧,我去医务室开拍片单,然后你顶着我的名字去拍片,等试验成功以后,再用你的名字上医院开证明。对了,今后我们都照此办理。"

除了感激和从命之外,我还能做什么呢。我去拍了片,只怪运气不佳。猎狗身上,就是说我身上那二百零六块骨头竟然完全合乎标准,白白吃了这许多放射线。不知是不是这原因,打那以后我觉得胃口差极了,浑身没劲。

转眼接近年夜。里委会的老妈妈成天提着面破锣在附近的大街小巷窜出窜进,一边敲一边喊着:"春节期间,插队落户都回来了,大家要提高警惕,关紧门户,防止丢失东西。"那天博士来找我,正好碰上打更的,难怪他一进门便倒在我床上,沮丧地说:"把我们插兄都看成什么啦,好像强盗转业似的。"

博士有件重要的事跟我商量,县知青办的老魏来上海。县知青办哪,全县知青的命运都掐在这批人手里。"谁知道他来干什么,说是外调,哼,外调连春节都不过了?还不是想来打秋风。蟹兄已经咬紧牙买了两条大中华烟送上去了,你说我们是不是也该有所表示?"

我不怎么自信地告诉他,我已经打定主意搞病退,再说也没有那个冤枉钱孝敬乡下的地头蛇。

"我也不愿干那种事,可老娘非要我去不可。"博士难堪地说。

气氛有些沉闷。我不知该说些什么好。这时猎狗像一阵风似的进来,真也给屋里带来一阵让人轻快的穿堂风。我给他俩作了介绍,聊了几句,他们似乎在李白与杜甫身上找到了共同语言。猎狗自命为浪漫主义者,博士虽不浪漫,却也喜欢李白,于是猎狗立即把他认作挚友,掏出皮夹给他看。

"美哉少女,"博士有板有眼地歌颂,"嫣然一笑,惑阳城迷下蔡。"别看博士迂,他这没头没脑一句鬼话,可让猎狗乐得眼都眯成一条缝。猎狗说:"这是我的——"

他那句话没说到头,因为我也凑了过去。像中人又不是上回那个了。第一眼,我奇怪她怎么那样面熟,第二眼我便认定她是我哥哥的未婚妻。我抬起头,正想质问猎狗,就见他喘着大气,眼眶里蹩足泪水,如果舌头是匹马,他准费了天大的劲才把它赶回到跑道上来。他接下去说:"——我的同事,啊,就是林肯哥哥托我给放大的。"

猎狗临走前丢下张化验单,我一看吓了大跳,怎么又验小便。猎狗忙说不必吃糖,这回是肾炎了。"肾炎,就是肾脏非化脓性的炎性病变,一般有血尿、高血压、水肿,重者有心气衰竭等表现。确定有无此病,就靠化验尿中红血球的含量。你明天取样时,在手指上刺一滴血,只要一小滴就足够了,放进小便里,医生准以为你得了慢性腰子病。我有个表弟就是这么退回来的。"

我照他的话做了,在尿样里滴了滴血。那尿的颜色深得像茶,这下成了红茶。说心里话,那时我已经对猎狗的医学知识产生了怀疑,所以当不妙的回音过来时我并不觉得多大痛苦,倒是猎狗似乎有那么一点失落感。"这是怎么回事,"他呆呆地拿着化验单,"医生说我尿路感染,不是肾炎,说要是肾炎的话,尿里该有蛋白。早知道这样,打个鸡蛋进去就好了。可我表弟又是怎么退回来的呢?"

我说没关系,失败乃成功之母,咱不还有不少高招吗。猎狗也情绪激昂地说对,想当初王林鹤试验了三百七十来次才摸对门路,我们这算得了什么。我心里凉了大半,要真试上三百次,我也不用退了,这条小命怕就已经交给了他。

春节到了,那年头我家没什么亲友来往,然而好歹是过年,再怎么也忙了两天。到初三,我想去看看猎狗,不管怎么说,他为了我的事费了不少心,没有功劳也有苦劳。

猎狗见到我非常高兴,给我介绍了他的父母亲,端茶倒水,左一盆瓜子,右一碟花生,后来又拉我去见识他的书斋。说是书斋,实际是个小阁楼,可书确实不少,除了一张床一张桌外,眼见的就是书了。

桌上放着八吋的全身照片,当然是位女士。"真……"我刚开口,想起了上次那事,连忙收了兵,"这是谁?"

"我们学校的小方老师。"猎狗深情地看着照片,"真有气质,是不是? 你还没见到她人呢,那才叫高雅,才叫文静啊。"他坐到我身边,摆开一副推心置腹的派头,"我说嘛,以前几个女朋友都不错,可怎么我老觉得有点格格不入? 一星期前我才发现,原来我真正喜欢的,我理想中的伴侣是小方。身旁的爱情哪,为什么开放得格外迟? 也可能我一直爱着她,只是下意识地克制着自己的感情,你说会不会?"

我想会的,人的感情确实很难说。看着他那种陶醉样,我不知怎的就生出了恶念,像是存心想让他难堪。"她还不错,"我若无其事地说,"就是脚大了些。"

"你说什么?"猎狗瞪大眼睛。

"脚太大了,"我指着相片,"你看她那双鞋,没有41码,怕也有40码。"

"你真是,我和她相识五六年,从来也没有注意过她的脚。你这人怎么这样!"猎狗伤心地看我,好像我亵渎了什么圣物。我羞愧起来,真后悔说了那句话。

博士最终还是拗不过他娘,决定走老魏的门路。那天他拉上了我,说是以壮行色。老魏住在锦江饭店。这是上海最高级的旅馆,像他这样一个外省小县城的干部,按级别根本住不进,不知他是靠着哪位知青家长的关系,还是市里对有本市知青下放的地方特别照顾。服务台打了个电话进客房,说老魏不在,我们便在门厅里等着。形形色色的洋鬼子不断从我们身边经过,每过一人,门口的警卫就望望博士紧抱在怀里的提包。大约过了一个多钟头,老魏才回来。他显然喝过酒。脸上通红,脚步摇摇晃晃的。一对中年夫妇送他到饭店门口。等护驾的人走了,博士迎上去,语无伦次地作自我介绍。我原以为这时刻一定尴尬,其实不然,老魏很亲切地把我们引进他的房间,看来他已经习惯于生人的毛遂自荐。

他住的是单人间。一进门,博士就向我丢了个眼色。床上、桌上,甚至地板上,到处都堆着大包小包,不知里面装了些什么。茶几上扔了两条中华香烟,其中之一已经开了封,我心想可能就是蟹兄的小意思。老魏让我们坐下,又招待烟,我老实不客气,一支接一支不停地抽。博士和老魏似乎谈得还投机,说什么我没在意,只看见博士的手指像弹钢琴似的在提包上敲着,好几次摸到拉链,又好几次缩了回去。直到窗外天发暗,我的喉咙也被大中华熏得又麻又痒,他才咬紧牙关拉开提包,可这时老魏已经下了逐客令。

"实在对不起,像是赶你们,可今晚还有人请我吃饭。哎,你能不能帮我个忙?我老婆要我给买一件大衣,你瞧我这些天忙的,哪有时间上街,明天又得走了。你能替我办一下吗?我把尺寸式样都给你,等你回乡下时带去,行不行?"

表情这东西真是说不透,我看博士那张苦脸上明明写着不行,可老魏却觉得是行,要不就是他压根没注意博士的脸。他走到写字台边拿纸,拉开几个抽屉都没找到,便顺手在废纸篓里捡起张揉成一团的信纸,摊摊平写了几笔,交给博士。博士翻来覆去看了两遍,我发现他发了一阵呆,可是什么也没有说。

走到街上,我问:"喂,博士,你怎么不把先遣图献上啊?"

博士叹息一声:"我老娘还以为一盒巧克力就能把小子打倒了呢,你瞧他胃口多大?这王八蛋。"

"那今天我们白来了?"

"白来算什么,"博士说,"我们的时间又不值钱,没白送就是上上大吉了。你看看这个。"

他把那张信纸塞给我。上面写了些乱七八糟的数字和老魏在县城的住址,我看不出有什么名堂。可博士把纸翻到反面,于是我看到了那封信,那信上的话让人读了又好气又好笑。

"老魏同志:这次您来上海,没能好好接待,很不好意思。送上两条烟,礼轻心意重,请您无论如何收下。有件事想请您帮助:我插队已六年,一贯表现很好,曾被推举为县积代会代表。我家中兄弟姐妹多,父母负担很重,听说县属工厂不久要招工,您能否考虑我的情况,为我说几句话?您的恩情我是不会忘记的,请千万帮忙。怕您记不住,我把我的插队地点和名字写在这里,您不要弄丢了。"后面是蟹兄的大名和公社大队小队。

"我们把蟹兄这陈情表怎么办?"沉默了一会儿,博士问。

"撕了吧,还有什么用。"我说。

博士一丝不苟地把纸折叠撕碎,等碎片小到不能再撕,便像撒稻种似的向街中撒去。然后他从提包里掏出一盒巧克力,分给我一半,自己当即丢了几块进嘴里,大嚼起来,嚼得满口黑红黑红的,像吐血,还一个劲地说:"你吃呀,反正是吃老魏的,我回去告诉老娘,就说小子高高兴兴收下了。"这家伙,他不知道我已经戒了糖。

那星期猎狗没露面,我想是不是那番关于脚大脚小的话得罪了他,一怒之下摔挑子不干了。看起来我仍然不太了解他。这天哥哥回家,面色极紧张,说是猎狗出事了。好像他给那位小方老师写了封信,里面有些反动的话,不巧信落到学校工宣队手里。工宣队找他谈了几次,因为他态度不好,准备召开全体教员大会,名为帮助,实际是批判。我想,猎狗怎么会这么糊涂,写情书就是写情书,谈什么政治呢。不过我那时只是想当然,事情真相直到猎狗亲口对我说了才知道。

"那天我写了两封信,一封是给她的,"猎狗甜蜜地笑了笑,"另一封给文汇报。你看过近来的报纸吗?这样尊法反儒,太实用主义了,叫我们以后怎么教历史?我写了篇商榷文章寄去。可天下就有这么不巧的事。两封信阴错阳差塞错了信壳,等想起来已经发出了。我只能一路飞车赶到报社。你想想,要是信被退回学校,让人公布出来,她面子往哪儿搁,不骂我一辈子才怪!"他又甜蜜地笑笑。"我冲进报社群众来信组,找到那信,不由分说撕得粉碎。这下好,报社的人怎么也不放我走了,把我扣在那里一天,最后还是学校派人去领我回来的。"

"那么是姓方的把商榷文章交给了工宣队?"我问。

"这也不能怪她,我用的是笔名,她莫名其妙收到这么封怪信,又不知是谁写的,当然交给学校。我知道她现在一定难过得要命。坏就坏在那个工宣队队长身上,他是我情敌,也在追求小方,可小方只喜欢我,对那家伙正眼不看,所以他公仇私恨一块报。哼,我才不怕他呢,只要想到小方站在我身后,就是千军万马我都抵挡得住。"

关于他和小方的情感,猎狗整整倾诉了一小时。我真佩服他,连两年前的一次回眸微笑他都记得那么清楚,而且还能分析出那么多的深意。后来他总算想起了来我家的目的:"对了林肯,我是特意为你来的。有个十拿九稳的绝招,我表外甥就是这么病退的,只是不知道你愿不愿意试试?"

我心情一振奋:"什么病?"

"说起来不太好听,夜尿症,就是尿床,别激动,不是真要你尿。你听我说,我那表外甥在黑龙江插队,那边都睡炕,他每晚带一小瓶水上床,到天亮时洒在被子里,早上起来就晾被子给人看,谁也不能说他没……"

"别谈了,"我火冒三丈,打断了他,"我不干。就是条有自尊心的狗也不能干这种事!"

猎狗紧紧握住我的手,一副深受感动的模样。"好,不干就不干,我想到你会拒绝的。不过你别急,病退的事包在我身上,我替二十多人搞成过,还没有一枪落空呢。"

他走后,哥哥直摇头。"你看他迷糊的,他那个笔名还有谁不知道,光我就听他在教研室里说了百把遍。人家方老师早有男朋友了,对他头痛得要命,把信交给工宣队多半也是想让他死了那心,可他怎么就觉不出味来。我真想对他说穿算了,就怕他不信,反骂我挑拨他们的感情。"

晚上,我骑着哥哥的自行车来到博士家。博士正在看小说,稀里糊涂被我拖出来,按在车后书包架上。他问我到哪儿去,我叫他别啰嗦。我按照哥哥告诉我的地址,骑车到岳阳路。那座房子在一条幽深的弄堂里,周围很僻静,路灯大多坏了,没什么人进出,看来也不会有什么人多管闲事。哥哥说那人就住在二楼朝南的一间房间,正好南窗亮着,映出一两个活动的人影。我叫博士骑车等在弄口,保持随时可以启动的姿态。博士惶惶不安地问:"你到底想干什么?我明天就要去买回乡下的车票,你可别给我惹麻烦。"我说不会有麻烦,我也要回乡下去。就在那时,我决定和博士一块动身。

弄堂口放着一堆修路用的石子,我拾了两块鸡蛋大小的攥在手中。在乡下老看蟹兄用石子砸鸡,一扔一个,那准头叫人赞叹不已。我自然没有他那两手,但相隔七八米砸扇玻璃窗还是有把握的。我四下张望一会儿,确定没人走过,于是振臂一挥,咣啷!那南窗的玻璃碎了。从下面看去,有一个人猛扑到窗台前,大声叫道:"什么人,找死啊!"这时我的第二发炮弹又出了手,窗台上的人惨叫一声,立刻缩了回去,接着灯就灭了。我撒开腿往弄堂口跑,跃上书包架,叫博士快走。不知怎的,这几步路跑得我眼花腿软,连说句短短的话都换了两口气。博士拼命骑,可车纹丝不动。"坏了,"他惊恐地说,"别是链条断了。"我下车一看,不由心头无名火起:"喂,老兄,像你这样一边踩脚蹬一边捏紧刹把,这车一辈子也动不了。"

大概那晚上累坏了,第二天直犯恶心。吃过早饭我就蒙头大睡。正香时被人推醒。一睁眼,看到哥哥气急败坏俯在我上面。"你昨晚去干了些什么!我们工宣队长让人砸破了头,他在学校里宣布这是一起反革命阶级报复案件,要追查到底。你这个笨蛋,不光害了猎狗,还害了我。要是猎狗顶不住,说出和我们的关系,你可以一走了之,可我怎么办!"

如果他不是我哥哥,我多半已经一耳光搧了过去。我揪住他的衣领,把他按倒在床上。"闭嘴,"我说,"人家猎狗可不像你,虽然说他有时讲几句大话,但即便那时,他对人对己仍然心口如一。他这样的人,绝不会出卖朋友!"

像要证明我的话似的,猎狗突然闯了进来,看到我和哥哥扭作一团,他吓了一跳。"你们怎么啦,这么大年纪还摔跤?快起来,我有好消息说。哈,今天我可真笑坏了,那家伙头上裹满绷带,活像个猪头小队长。你们知道这是谁的手笔?"他转动乌黑的眼珠,看着我们,停了一会儿,自豪地说:"我。"

大约是我和哥哥的脸色大为骇然,他又重述了一遍:"是的,我干的。昨晚上我依照法国骑士的礼节向他挑战,我们公公正正地决斗了一场,胜利属于正义,那家伙最终败在我手下。要是你们能看到那一幕就好了！哎哟，我得走喽，我要把这消息告诉小方去，她一定会很高兴的。"

他走到门口，突然想起什么，转身塞给我一张化验单。"给你，差点忘了，明早验肝功能去。我表叔传给我这个祖传秘方：晚上九点以后，空口吃下两斤肥肉，第二天验血准有迁移性肝炎。肥肉我替你买来了，你今晚吃掉它。记住，不能放油盐酱醋，一定要白煮。"

我回答得干脆："行，一定照办。"等他走后，我把那两斤白花花的大肥肉扔进了碗橱，让妈妈抽空熬成猪油。我想，做任何事情都该有个限度，为了病退，我可以在半小时里吞一斤糖，可以献出1000CC血，可以去砸二十扇玻璃窗，也许还可以干许多别的事，但是我不能尿床，也不能吃肥肉，从小我就不能碰这个，嘴里沾上一小块便想吐，整整两斤连盐味都没有的肥肉，那简直要我的命。不过第二天我还是去医院抽了血，我不愿意辜负了猎狗的好意。

博士把回乡的车票送了来，我们约好在车站碰头。妈妈哭哭啼啼地为我整理旅行袋，把不知从哪儿省下的十元钱硬放进我衣兜里。临行前，我决定去看看猎狗，为了他为我做的一切，也为了我无意中可能给他造成的伤害，我一定得对他道声别。在弄堂口碰上里委老妈妈，她一如既往缩紧脖子迎着寒风，一边敲锣一边喊:"开春了,插队落户的就要回去了。大家要提高警惕,关紧门户,严防顺手牵羊。"

猎狗的母亲给我开了门。她眼睛又红又肿,像是刚哭过。我没在意,等进了屋,才觉得事情有些不对头。

屋里满是一股刺鼻的怪味,所有的橱柜都大开着门,被褥卷起,露出棕绷,衣服书籍扔得到处都是,似乎有谁来抄过家。我问猎狗在哪儿,他母亲的眼泪顿时掉了下来。我心头一沉:"怎么,伯母,他……他被民兵指挥部抓走了?"

虽然在流泪,可伯母还是瞪大了眼睛。"民兵指挥部?跟那个有什么关系!他是被抓进肝炎隔离所了。医生说看化验单上的指数,他的肝都快硬化了。我真不知该怎么办是好,你看这乱七八糟的,防疫站的刚来消过毒……"

我们这个严峻时代的最后一名浪漫主义者,以他特别的悲壮履行了诺言。

七十二小时的战争

　　就这样他们打响了那场战争。"为取得生存空间的有限战争,"这是四眼说的,"归根结底,哪一次战争不是为了生存空间?一些人想夺走别人的空间,另一些人要保卫自己的空间。"那么这一次又算什么,是夺取还是保卫?四眼没回答。他就是这种人,对感兴趣的事随口便能来套似是而非的理论,对不感兴趣的事又随时可以听而不闻。林肯可不行,这一切离他想的相差很远,至少那天下午,当他在那雕花的木门前停住脚步时,他绝没有想到事情会以这种方式收场。

楼梯呈螺旋形上升,楼梯的扶手闪着金属的光泽,墙上是一面又长又窄的窗,彩色的窗玻璃镶嵌出一只昂首的公鸡。这景象让他产生一种身在教堂的感觉,简直想抛开所有世俗的念头,躺到哪个公园的草坪上去吹口哨。当然他还是走上楼梯。记得哪部电影里有这楼梯的镜头,保密局的枪声还是蓝盾保险箱?主人公像他一样轻手轻脚往上走,裤袋里鼓鼓的,塞了把手枪,却不知楼上唱的是空城计,别人正等着他上钩呢。

他在右手第二扇门前停住,那门上雕着花,门头悬了块木牌,"私房政策落实小组"。他推开了房门,胖老张那张大脸从报纸后面升起来,看看他,又沉了下去。"你说谁能在世界杯上抢冠军?"他迟疑了一下,这算什么意思?"是英国还是巴西?"他随口答道:"阿根廷吧。"

"阿根廷?"报纸像大旗一般拉开。

阿根廷,英国,巴西,反正不是你我。我只要房子,不要冠军。"老张,我们家那房子怎么样啦?"

"噢,你家的房子,"胖老张放下报纸,"哪个单位占的?"

"微电机研究所。你忘了,我对你说过,他们占作职工宿舍了。"

"是啊,阿根廷,我是说微电机所!你去过那里吗?"

去过吗?他想,来这里一次,就去过那边两次,那边的那个瘦子横叨着烟,皮鞋脚跷在办公桌上。"你别来了,"那人每次都这么说,"来了也没有用,只要老张那里拨下房源,我们马上让你。可如果他不拨房,对不住,我们爱莫能助。总不能为了你林家住得舒服些,就让我们的职工睡马路吧。"你不能说瘦子不对,可要是他对,那又是谁错了?

"他们说等房源拨下才让?"胖老张从他脸上找到了回答。"难哪。坦白地说,近期内我没房给他们。要退的私房太多,顾这头就顾不上那头。"老张拿起报纸,扫了眼又放下。"我们工作真难做,有一批查抄的钢琴,当年在旧货店出售了,得找回来还给原主。可现在的主人能愿意吗?人家是在国营商店里花钱买来的,凭什么叫人退,你说说看?"

"我不知道。我要的是房子,不是钢琴。"是钢琴我就不要了,送给你,送给少年宫,送给中华武术基金会。人可以没有钢琴,可不能没有安身之地。"我家五口人挤在十二平方的汽车间里,我上有八十岁的老父老母,我嫂嫂快要养孩子了。"他觉得自己像在课堂上背书。

"知道知道,你家的情况我都清楚。"

你清楚个屁,我哥哥嫂嫂根本不和我们住一块儿,那汽车间能隔成两半吗?他们住在岳母那里。嫂嫂肚子大了是真的,那边已透过口风,不欢迎增加一个新生命,所以岳母家也住不长了,懂吗!"那么,究竟什么时候还我房子!"

"不好说,"老张轻轻敲着办公桌,"不好说啊。那房子是你家的,只要住进去,谁也无权赶你走。可具体时间没把握呀,三个月、六个月、一年、两年,都有可能。"

"你是说要等两年才能还?"

胖老张严肃地说:"我不是说你家那房子要等两年才能还,我是说像你家这种情况,等了两三年到现在还要等的大有人在。你不要误会我的意思。"

他怀疑老张教过大学里的逻辑课程,怎么说起话来像阿庆嫂似的,点水不漏。桌上摊着报纸,尽是些世界杯鹿死谁手胜负难卜的标题。"明白了。"他说,转身就走。

"这就走了吗?"胖老张似乎有些惋惜,"哎,你真的认为阿根廷会赢吗?"

"真的。阿根廷、西班牙、乌拉圭,再不就是西德,再不就是匈牙利、土耳其。"他碰上门,走下楼梯。他想把那只公鸡砸了,每次从这屋出来,他都想把它砸了,可这公鸡至今依然健在,依然引颈高歌,藐视从身边走过的他。林肯出了大门,走进附近的邮局,给四眼丢了封信。第二天晚上四眼去了他家,于是他们一气抽掉两包大前门,把老头老太熏得连连咳嗽,于是他们俩谈到半夜,于是就有了那场战争。

"有句话我说在头里,省得你们以后骂我不够朋友——我可不干犯法的事!"蟹兄慷慨激昂地说。

"别急,蟹兄,"四眼说,"别以为只有你是遵纪守法的公民,谁都不想干犯法的事,至少谁都不比你更想干犯法的事。"

十二平方的汽车间点着一盏八支烛光的小台灯,与其说照亮了什么,还不如说遮掩了什么。老头老太被打发出去访友了,他们四个人随便坐着,一半脸在灯光下,一半脸在暗中。林肯阴森着脸,他哥哥惴惴不安,蟹兄倒是一派雄赳赳的样子。四眼望着那三位,望着那间屋,觉得这还真有些搞阴谋的气氛。

这一天叫人热血沸腾的事真不少。来这里的路上他碰到辆特快公共汽车,从起点一鼓作气开到终点,新干线的速度。汽车一开动,司机便申明头三站不停,直放第四站。那时车厢里乱了套,要下车的乘客哭着骂着,其余的却都拍手叫好,谁都想早点到家哪。到第四站那司机又建议别停,这回投反对票的只是那一站的人了,路远的自然拥护,连那些前三站没下去的也赞成,道理也能想通,要上当大家一块儿上当,不能只亏了我们几个。这样依次办理,那辆车一站没停进了终点。他看见那司机忙不迭地把工作服一扒,像匹马似的跑没影了。多半有女朋友等着看电影,要不这么急干吗。那些坐过站的人呢?一个个垂头丧气排队上回头车,天知道心里怎么想。这个司机可真是人才,四眼暗暗说,两句话把一车人玩于股掌。真想请他吃顿饭,不过绝不能跟这种家伙合伙做生意,搞政治也得先下手宰了他,要不会被他宰了。

接下来便是战争。

"没人打算说两句吗?"蟹兄不耐烦了,"不能老让我看你们发傻吧。"

"四眼说吧,这事从头到尾都是他的主意。"林肯说。

可不该我说吗,他笑了。他觉得这是他的战争,自从前一晚和林肯谈过之后,他整天就想着这件事。他看看林肯和那个愁眉苦脸的哥哥,房子是你们的,要得到要不到都是你们的,可战争是我的,这是我的毕业考试,就像高中生的初恋,作家的处女作,扒手的下水一样。

"那我就越俎代庖了,"他说,"一言蔽之,我们要替林肯家卖次命。他爸爸经营林家铺子几十年,辛辛苦苦吃虾米吃下座花园洋房,结果被人赶进了汽车间。本来在这里住住也无妨,只是林肯回了上海,他嫂嫂又急于给林家续香火,那就有些安排不过来。要性子慢的也能等落实政策,可又怕那肚子不等人。所以我们得打一仗,把房子抢回来,明白吗?"

"别给我上课,"蟹兄气呼呼的,"就算你四眼读了大学,也不必在一块儿插队的老弟兄面前神气。不就是抢房子吗?这生意我在行,可从哪儿下手呢?房间不是让人住了?又不能抄他们家,那你抢什么?抢走廊吗?不怕人半夜起来上马桶把你踩了!"

好你个蟹兄,还真让你说到路上了。占走廊怕人踩,因此就不能让别人上马桶,不让他们上马桶,那就得……要命的三段论,指明了我们攻击的目标,不是加莱,也不是诺曼底,而是那个柔软的下腹部。

他把那主意公之于众,蟹兄笑得差点噎死。"他妈的,这主意绝了,我敢说除了你这种下流坯,没人想得出来,就这么干。"

他等着林肯的回答。林肯两弟兄面面相觑,半天说不出个所以然。真够优柔寡断的,他想,得给他们施点压力。"我想来想去,这是唯一可行的办法。当然喽林肯,房子是你家的,说起来跟我和蟹兄无关。"

"好吧,就这么干,"林肯下了决心,"不过我的意思还是要有理有利有节,给人留条出路吧。"

"哟,士别三日当刮目相看啊,"他高声说,"就这水平你能当统战部副部长啦。依你的也行啊,不过要给人出路,先得断他出路,叫他无路可走,然后才能干你的副部长,让别人感激涕零。这个简单的道理,你不会不懂吧?"

"可我不愿让邻居以后往我饭锅里擤鼻涕,在房门口抹柏油什么的。"

"你大可放心,他们不会那么干的。"他又想起特快公共汽车,人们在突变前的表现总是类似的。"你放心,邻居们会跟你和睦相处的。只是有件事得认真对待,你知道,在每个群体中,都会有那么一两个爱出风头、好为人师的家伙,我们可不能让只把老鼠坏了一锅汤。明白吗?"

林肯想了一会儿。"我懂你的意思,底楼的一个住户可能是这种人,他是微电机所的工程师,别人叫他狗熊。"

"知识分子?那种东西我一根手指头能对付两个。"蟹兄满不在乎地说。

林肯的哥哥整晚上第一次开了口:"你知道别人为什么叫他

狗熊吗？他身高一米八八,体重九十七公斤。"

蟹兄轻轻吹了声口哨。

"这事就交给蟹兄吧,"四眼说,"他用十个手指头对付一个人,大约总问题不大。"他看到蟹兄突然呆板的脸,不由暗自好笑,"现在让我们讨论一下开战的时间和力量配备。"

在昏黄的灯光下,几个人的表情都严肃起来。这就是巴巴罗莎,他想。如果洋房里的人知道这汽车间的事会怎么样,不过别慌,蟹兄,别慌,林肯,我敢以十比一的注下赌,面包会有的,房子也会有的。

他们等到最后一线灯光熄灭之后,才轻手轻脚走出汽车间。林肯家那幢洋房只有两层,但在夜里看,却比白天高大得多,像只闭着眼睛的巨兽,把四个人吞进它的阴影里,吞进它的肚子里。他们一个拉一个摸进房子,走廊上没有灯,什么都看不见。真有点汗毛凛凛,蟹兄想,像做贼似的。他紧紧抓住前面四眼的后襟,四眼前面是林肯,林肯哥哥在最后。摸索中,他绊了一下,差点摔个跟头,四眼回过头,向他嘘了口气。他觉得不是味道,这明明是偷鸡摸狗嘛,说什么突然袭击。这时候,林肯在前面开了卫生间的灯,他回头望了望,这走廊不过十来步路,见鬼了,感觉怎么像跑了一万米。

林肯弟兄又摸上楼去。他把卫生间门一关,顺手想插上插销。"别忙蟹兄,"四眼说,"先把安民告示贴上。"

四眼拿着告示出去,灯光从半开的门里射出,把走廊照得透亮。蟹兄看到四扇房门,他想起林肯画的地形图,楼下四间屋,楼上四间屋,每层一个卫生间,共住了八户人。不知从哪扇门里传出一阵高一阵低很有节奏的吼声,这哪是打鼾啊,简直是马桶抽水的声响。四眼悄悄说:"那个摩尔人来了,我听到他的喇叭。"

楼上咔嗒一声,是林肯锁上了门。现在洋房里仅有的两个马桶都姓了林,那些住户还什么都不知道呢,只顾着自己在梦里快活。教训呐,占了别人的房子,就绝不能贪睡,得时时睁一只眼。"你睡哪里?"他问四眼。右手是浴缸,左手是抽水马桶,墙根儿有洗脸盆,只剩门口一块空地,能容一个人趴下。

"我睡浴缸里,"四眼说,"在乡下睡过牛屋草垛,串连时睡过火车行李架和座位底下,还没在浴缸里试过呢,这可是个新的经验。"

蟹兄在地上铺开草席,裹着林肯的大衣睡下。他觉得真累了,从下班就没歇过腿,跑了二十来户人家,把当年一公社插队的弟兄都招呼到了。这洋房住八户人家,也就是八个男子汉,至少得来十位插兄才能占压倒优势。四眼干了些什么,老动动嘴,噢,买了十只塑料痰盂,也能算事吗。不过这老家伙点子出得实在是妙,只是太缺德。等明天一早,住户起来准有热闹看,八家人,老老小小三十来口,一夜间丢了厕所,这可是急死人的事。上公共厕所吗?最近的也有一站路,练长跑吧,还别提洗脸刷牙什么的,总算四眼还客气,挑在星期天找岔,要不,保险人人上班迟到,奖金扣光。想到这,他忍不住笑出声。"四眼,你这家伙太缺德,小心生出儿子没屁眼。"

"没关系,动个小手术。"四眼不在意地说,"哎,你知道为什么让我们俩占领底楼吗?"

"不知道。为什么?"

"你没听见那鼾声,像熊叫似的?那人就是狗熊。"

他觉得自己心跳慢了,好像突然间动脉里的血被谁换成了奶油。"喂,四眼,你们真打算让我单枪匹马对付那狗熊吗!那可不行。"四眼不回答,只听到一种半捂在嘴里像饿狗吃死孩子般的笑声。好啊四眼,你这老滑头,存心要我去送死。教训,真是个教训,吹牛一定得看人头,在这种下流坯面前绝不能充好汉。

"呵,马拉,看到那把刺向你胸膛的剑了吗?"四眼尖声尖气地说,一边爬进了浴缸。

什么马拉马的,蟹兄暗自发狠,你他妈别太得意了,等你睡着,我就把浴缸的水笼头拧开,让你先成条马面鱼。他又高兴起来,静下心听四眼的呼吸声。没想听着听着,自己倒先迷糊了,蒙蒙眬眬还做起了梦。好像占到了一间房,不是卫生间,是像模像样的朝南二十平方,还钢窗蜡地什么的,好像又和秀梅躺在床上,正要成其好事,就听有人砰砰地敲门,敲个不停。他突然清醒了,这不是谁来败他的兴,是有人急着要上马桶哪。

一柱白里透红的光射进屋里,总算天亮了,林肯一夜没睡,就这么眼睁睁地望着窗外,打埋伏的味道不好受,真不如明刀明枪干呢。哥哥也没睡,苦着脸坐在马桶上,模样像得了急性肠炎。窗外嘈嘈地传来人声,近来有个老头在街心花园开武术班,招了批舞刀弄枪花拳绣腿的学员。早知道有今天的事,不如也去学两招,打不倒狗熊多少也吓人一跳。

走廊里也有了人声,房门轻轻打开又关上。每家每户负责采购的人起床了,现在他们就要来卫生间,释放掉一夜的潴留,匆匆装饰下门面,然后去为全家的肠胃奔忙。不过他们今天大吃一惊,接着他们会愤怒,会骂人,不可避免还会尿胀,会急得像热锅上的蚂蚁,提起裤腿单脚跳。邻居朋友,我同情你们,可你们也得同情我,至少别怪我,去怪瘦子,胖老张,怪楼下那个四眼去吧,这主意是他出的,不过即使你们恨我也不打紧,反正房子我是非到手不可。

有人推门,一下,又一下。用那么大劲,门板摇摇晃晃,让人觉得揪心,就算是公物也不能那样干哪。他回头看,哥哥脸色苍白,双手把住浴缸,身手随门板的颤抖频率不停地动。门外那家伙准是个近视眼,他想。不过要真是的话,度数大概也不深,因为门不动了。一个男人的声音在说:"快来看,这里贴着什么?"又是一阵稀稀落落的脚步。不知怎的,林肯心里倒坦然了。赌徒都已经坐定,现在让我们亮牌吧。

一个细细的嗓子读起安民告示:"120号房主敬告各位住户,此房本乃我家私产,内乱中遭非法剥夺。现时局匡正,原当收回。考虑住户搬迁非凡,房主本着与人为善之原则,暂屈居卫生间。由此产生之种种不便,请各位鉴谅,并祈与各位和睦相处。房主林某顿首,即日。"

林肯注意着门外的动静,有一阵没人说话,他想那些人是不是让四眼这酸溜溜的狗屁文章给镇住了,可就这工夫七八个嗓门儿几乎一块儿嚷了起来。"怎么会有这种事!""这家姓林的做事也太下流了!""真是岂有此理!""这叫我们怎么过日子!""找他们讲道理！""没用，还是找单位去！"一个小孩叫妈妈，一个女人说："乖囡，跟妈到楼下去小便。"另一个苍老的声音接口，"别去了，下面也让他们占了。"小孩哭嚷着，大人骂着，在哭骂嚷声的夹缝里，他听到一声杀猪般的叫喊，像发自远处，又像发自极近的地方。

"我出去一下，"他回头对哥哥说，"你把门插上，随便他们怎么敲也别开。"说完他猛拉开门，一头蹿出去，外面那些人惊叫着向两边躲，他想，怎么回事？可这念头只一闪就过去了，就这一闪的工夫，他三步两步跃下了楼梯，看到四眼像只瘟鸡似的被那个一米八八、九十七公斤的大汉掐脖子提在手里。

"放下他！"他厉声喝道，"放下他，有什么话对我说！"听到自己的声音他吓了一跳，这是人的声带在振动？怎么像是锋钢锯条吃进自来水管。狗熊好像也吃了一惊，丢下四眼，转过身，他们大眼瞪小眼，瞳孔收缩着，像一只豹和一只虎，在扑咬前的一刹那认准对方的颈脖。

他没想跟蟹兄抢功，说起来僵局倒真还是蟹兄打破的。那关头只听一声大吼："他奶奶的，老子跟你拼了。"就见蟹兄高举着一个通马桶的那种橡皮头玩意儿从卫生间冲了出来，跌跌撞撞跑到狗熊面前，然后就保持着那威严的姿势像一尊雕像那般巍然不动。狗熊不知是没睡醒还是蒙了，反正一下走了气，怒冲冲往地上吐了口唾沫,转身走进自己屋里。

他把四眼扶进卫生间,蟹兄在后面插上门销。"怎么回事,"他问,"你怎么跟狗熊干起来了?"

四眼坐在浴缸沿上,眼镜滑落到鼻尖,那模样像只惊魂未定的鸟。"我什么时候跟他干啦?他都快把这门给敲散了,我想劝他平平火,一开门,就觉得昏天黑地。要不是你下来,他就把我掐死了。"四眼捂着自己的脖子。"天呐,这也是知识分子?我还以为那种人心肠个个和东郭先生差不多,宁可把屎憋在裤裆里也不好意思问人上哪儿出恭。"

蟹兄突然大笑,笑得蹲下身子,抱住了抽水马桶。"马、马面鱼,"他好不容易在笑声中带出几个词来,"是哪把剑让你开了膛?"林肯顺着蟹兄的目光看去,发现四眼那件两用衫的纽扣,从衣领到下摆全都不知去处,两边衣襟松松垮垮垂着,跟着身体晃动,真有点像破了膛的鱼肚。

四眼痛心地摇了摇头:"好啊蟹兄,你还高兴呢,我今天算认识你了,你小子见死不救啊!"

"你真不够意思,"蟹兄笃悠悠地辩解,"那时我心里急得像火烧,可这屋里怎么也找不到一件称手的家什,只能抓起这东西就出来了。你没看见,要不是狗熊识相,及时缩回窝里,我早已把他的脑袋给崩了。"

四眼若有所思。"看来是我低估了狗熊。我原以为那些高能物理原子化学什么的早把他给阉了,没想他性子还那么野。这家伙不会善罢甘休,蟹兄,我担心他饶不了你,你要崩他的头哪!"

林肯没心听他们争嘴,便到洗脸盆前照了照镜子。镜子里那个人两眼通红,脸色铁青,头发像一蓬乱草,难怪楼上那些人吓着了呢,活脱脱是个通缉犯。他洗了把脸,然后问蟹兄:"我们那些弟兄什么时候来?"

"八点。"

"现在是七点,"四眼说,"还有一个钟点,但愿他们把腿放快些。"

有时候一个钟头短得像一秒钟,有时候一个钟头长得像一年,听着外面一扇扇房门开出开进,楼梯上一阵阵脚步跑上跑下,那味道像是头老牛看屠夫磨刀来宰自己。蟹兄说:"我叫弟兄们进屋时都把手背在屁股后面,让人以为他们袖管里藏着三角铁。"那声音刚出嘴唇,绕个弯就没了,也不知话是讲给谁听的。林肯几次想开门出去看哥哥,但都被四眼拉住,"现在他们都起床了,寡不敌众,我们只能坚守。"那就坚守吧。门那边人气越来越重,看样子他们选定楼下这卫生间动手。也好,林肯想,不然哥哥准会吓死。

女人们开始叫阵,总是这样,大合唱跟在女声小组唱后面。"你们发现了吗?"四眼故作镇静地说,"上海人骂起来都像是没吃饱饭似的,十三点、神经病、下作、腻心、不要脸,出不来感情,也没一点力度,比乡下那些妇道骂街差远了。"四眼说罢想笑,可这努力没成功,有个人向门前走近,那才叫力度呢,每下脚步都震得门板像心电图仪的指针那么颤抖。

蟹兄瞪大眼睛,呻唤道:"那是狗熊。"就手举起了通马桶的家什,四眼手抖抖地把眼镜放进口袋,结结巴巴问现在几点,林肯看看表,发现指针正标着八点。

四眼想,这就像一锅炉沸水转眼间结成了冰,一分钟前他已经准备让人提手提脚抛出大门去,可一分钟后却成了胜利者,惠灵顿当年在滑铁卢的经历也莫过如此。插兄一进门,那些气势汹汹的婆娘汉子连影都不见了。虚惊一场,可这种虚惊还是少来为妙,要不会得心脏病。

开头十分钟的热烈场面是免不了的。他、林肯、蟹兄和这帮弟兄的最后一次聚会,还是在五六年前公社开知青大会的时候,那以后大家陆续回到上海,干起各种营生,可要不是给林肯当雇佣军,恐怕碰在一起也不易。于是握手拍肩摸头,三方位四方位地招呼,一支支香烟在空中飞舞穿梭,甚至一些久已忘却的土话也窜出大脑皮层,"我的小亲乖乖","小狗日的蟹兄哪"。

接下来像是乡下人操办结婚酒席,忙乱得不可开交,林肯应顾不暇,四眼自告奋勇,充当了司仪的角色。他把弟兄们请进卫生间,在马桶浴缸上就座,让蟹兄去汽车间搬凳子。林肯和他那刚回过气来的哥哥四下奔忙着送茶水,没歇上多一会儿,又提着饭锅出去买包子。两间小小的卫生间挤了那帮汉子,烟雾加上汗屁,真有些乌烟瘴气。

那个人来的时候,四眼正巧站在门口,凭那人的模样表情,他断定就是林肯说过的瘦子。正角儿来了,他对自己说,总算把你逼出场了。"你是微电机所的吧?"等那人走到他身边,他问。

"你是什么人?"瘦子站住了。

"你要是代表你们的职工来解决问题呢,正好我就是这里房主的代表。"

"那好,请你解释一下,你们到底想干什么?"瘦子声色俱厉地说。走廊里有两扇房门轻轻打开,接着响起了几声惊喜夹着委屈的"啊",像迷路的孩子见了娘似的,几个人向瘦子直扑过去。

"这里的事我都知道了,"瘦子举起一只手,止住那些人的哭诉,"我正要求他们作出解释。"

"我们什么也没干呀？只是搬进自己家住罢了。"四眼说。

"要房子也得好好商量嘛,怎么能采取这种手段。"

四眼摊开双手,心想世界上还真有这种不识时务的家伙。我们林肯跑断了腿,你只一句话就把他打发了,现在又来说风凉话。他装出副傻乎乎的脸,"我们知道国家有困难,也不想给你们所添麻烦了。这里卫生间空着,虽说条件差点,将就将就算了。你不必客气。"

"卫生间怎么是空着呢,居民随时要用的,你们这样做,妨碍了他们的正常生活,真是蛮不讲理。"

"谁说住房非得供应卫生间？中华人民共和国住房法里有这一条吗？你倒指给我看看。你要指得出我就把卫生间整个吃了,这法人大常委会还没起草呢。"

"我不跟你说这个,"瘦子真火了,"反正你们得搬出卫生间,不然我们要采取行动。"

他叹了口气,"好吧,你跟我来。"他把瘦子带到卫生间门前,"你对他们说去。"他把门推开,一团浓雾翻滚着出来。在雾中,有六条汉子挤在一堆儿打牌,有的脱剩了背心,有的斜叼烟头,蟹兄那模样最可观,头上套着个蓝莹莹的塑料痰盂,显然输惨了。

眼前这一切大约很让瘦子吃惊,他张着嘴,说不出话。蟹兄被看得恼羞成怒,开口骂道:"我日你妹子的,伸头缩尾干什么!"砰的一声,把门甩在瘦子鼻前。

"这是什么人?"瘦子战战兢兢问。

"噢,是房主请来搬家的,楼上还有几个,"四眼一本正经地说,"你别理那家伙,他脑子有毛病,以前在安徽参加武斗,被一块十公分的洋元砸了头,留下后遗症,现在走哪儿都要找东西戴上当安全帽。"

瘦子头也不回地向外走,在门口跟住户们嘀咕了一阵,好像是要他们耐下心,别跟那班流氓正面冲突什么的。等瘦子走远,四眼才捧腹大笑,满肚子的快意像洪水找到溢道,争先恐后地往外涌。

"谈得如何?"林肯走到他身边。

"没什么新鲜,尽在山人算中,"四眼说,"对了,现在你这副部长可以走马上任了。"

林肯叫上蟹兄,三个人端着八只痰盂,挨家挨户地发送。每敲开一扇门,林肯便来一番政策攻心。表示此举实出无奈,并非有意与大家为难,特送上痰盂一个,请多包涵什么的;那些住户的反应也大同小异,由惊惶转为冷漠,最后不言不语收下了礼品。只有两人例外,一是住二楼的一个五十来岁的小老头,笑容可掬地听完那番屁话,临了还道了声谢,让林肯觉得受用不浅。二就是狗熊,没容人开口,抡起慰劳品死命往地上一砸。小子真有那么大劲,使这毫无弹性的东西从地板反弹到天花板。

"这家伙不识好歹,我们拿走。"蟹兄道。

"别,给他放门口。做统战工作得耐心细致。"四眼说。

同乡联谊会一直开到夜里,闹到大家精疲力竭意兴阑珊才散。林肯送客回来,发现狗熊房门口的痰盂不见了。"四眼,你把那东西收起来了吗?"

四眼听后忍不住直笑。"我守着个马桶,要那东西干吗?"他凝聚起充满憧憬的眼神,"嗯,这小玩意儿现在多半就压在狗熊的屁股下面,我敢打赌,对于一米八八、九十七公斤的身躯来说,这准是一种新的经验。"

四眼醒来时,楼里鸦雀无声,他以为天还没亮,可看到射在墙上的阳光才知不早了。他走出卫生间,作了几次深呼吸,活动活动身子,浑身上下的骨节咯嘣咯嘣响,他发誓这辈子再也不在浴缸里过夜了。那几家的房门都关着,花园里有两个老太在晾衣服,看来其他人都上班去了。难道亲爱的住户们就此认命了吗,他有点不安,平静的水面最靠不住,下面往往有暗流。

蟹兄也跟了出来。"嘿,四眼,看来狗熊这小子已经被我们打垮喽。"

打垮个屁,他想,要是那家伙吞得下这口气,我情愿改行去卖大饼。

早饭桌上的气氛比前两天松快多了,连林肯哥哥也露出笑脸,口口声声说这次战斗策划得真妙。蟹兄不以为然。

"要是我是住户,四眼你可难不倒我,我家世世代代也没过卫生间,也这么过来了,你占就占去,我根本不理。"

问题就在这里,世世代代没有可以不在乎,但一朝有过,再放手就难了。如果你蟹兄真住这里,你不拼个头破血流才怪呢。四眼嘴里可没说,蟹兄就是这么个人,听到说别人的好话就不买账。

"你看我们今天干些什么?"林肯问。

四眼想了想。"你找点铺板棉被什么的,等一下我们去卫生间铺床。"

"什么!"蟹兄瞪大眼,"你真打算扎根啊,我可说在前头,明天我无论如何得回厂上班。我是顶替我妈位置的,一有什么事,厂里师傅就去找我妈告状,我倒不是怕,可老太婆烦起来受不了。"

"你急什么,好像地球上就你一个忙人,我明天也得回学校考试去呢。可越是想速战速决,就越是要摆出副持久战的架势来,懂吗!你啊,好好跟老阿哥学学。"四眼说。

他们抱着铺板被褥进卫生间,四眼把门开得大大的,让所有的人都能看到他们在干什么。铺板架在浴缸上,再垫上棉褥被单,他用手按了按,觉得很稳当。早这么铺上多好,他想,可以少受两夜的罪,少受两夜马拉的罪。

二楼上那个小老头在门口站住,犹豫了下,走了进来。

"干什么干什么,"蟹兄说,"马桶间已经挂牌歇业了,现在这里是私人住房。"

"我知道的,"小老头指指林肯,"我只想和你们说两句话。"

四眼关上门,叛卖者来了,第一个叛卖者。"你请坐,"他又端板凳又敬烟,"有什么话请慢慢说。"

小老头深深吸了口烟。"我身体不好,长期病休在家。昨天的事,确实不太愉快,不过我要说,我还是理解你的。我并不赞成狗熊的做法,动不动就来硬的,何必呢,我希望以后能和你家成为好邻居。特别是你在这种情况下,还想着给我们送上那个、那个盆子,实在使我深受感动。"说到最后这句,小老头简直欷歔起来。

四眼和小老头聊了好一阵,聊病,聊瘦子,又聊狗熊的脾气,聊到后来,像是成了忘年交。等小老头走后,他意味深长地眨了眨眼:"看到了吧,有基督的地方就有犹大。"

林肯去准备午饭,四眼躺上木板床,一边伸平委屈了两夜的身体,一边预测战局。有三种可能,一像蟹兄说的那样,他们置之不理,那还得继续加温;二是立刻答应林肯的要求,可这似乎太简单了;最大的可能是还有一次反扑。那么,他们会在什么时候反扑呢?

蟹兄在他身旁踱来踱去,好像也在考虑什么问题:"四眼,林肯要把这八间房都要回去吗?"

"可能吧,我想他多半不会把房产捐给福利会幼儿园的。"

"他们家五口人,要住八间房,可别人五口连一间都弄不到。你说,这是不是太过分了?"

"悠着点,蟹兄",四眼说,"大脑这玩意儿和小腿也差不多,一下用猛了会蹩筋的。你还是睡一会儿,把这问题留给马克思吧。"他还想往下说,可门突然开了,林肯沉着脸进来,"狗熊回来了,我看到他进了大门。"

匆匆吃过中饭,四眼说得出去办件事,屁股一拍走了。这个老滑头,蟹兄在心里骂了一句,临事滑脚,准是昨早上吃了狗熊的亏,想让我也吃回药。"林肯,"他说,"我们躲到碉堡里去吧?"

林肯想了想,"没用,卫生间的门经不起他一脚,我们就坐在外面,看看他能干什么。"

林肯从家里找出两把大号牛头牌吊锁,把楼上楼下两块滩头阵地封锁起来,然后端着板凳坐到花园里。背后是洋房,面对着大门,头上稀稀拉拉悬着各家晒的背心短裤,蟹兄心里一乐,觉得地形特好,进可攻退可守,守不住抽身也方便。正想着,看到狗熊也提着个板凳过来了,找了个背阴处悠哉游哉吸烟。他紧张了一阵,林肯也不太自然,可狗熊似乎没有挑衅的意思,真叫人摸不透。

等狗熊第二支烟到头的时候,四眼回来了。那满脸的喜气,像是在街上拾到了二十块钱。

"你小子跑哪儿去溜了一圈?"

"累死了,你让我坐坐。"四眼推开蟹兄,"我给林肯的那个胖老张打了个电话,说这里要出人命了,让他马上来。"

"你胡扯什么呀,"林肯望望狗熊,轻声说,"我们可是和睦相处着哪。"

"怕是你那副部长没做到家,我有个预感,嗯,有满满一卡车打手正朝着这里赶来呢。"

"你发烧了吧?"蟹兄说。

"不服气我们打个赌,要是我输了,这辈子我就不进厕所,只坐那种小痰盂。"

事实证明,跟四眼打赌是赔本的生意,当大门口响起刺耳的刹车声时,蟹兄这么想。小子唯一没说准的地方在于来的是辆面包车,可如果一辆面包车里下来了十条一般高矮胖瘦、像挑出来做仪仗队的汉子,在感觉上那车跟卡车也就没什么区别了。十条汉子在前一天来过的瘦子带领下,成一条散兵线向前逼进,狗熊站起来,把烟头丢地下,用脚掌慢慢地、像踹死一只蚂蚁那么踹碎。完蛋了,狗熊给我们设了个圈套,蟹兄有些怜悯地看着林肯。林肯不动声色,只是脸明显地苍白了,可四眼却仍是那样无忧无虑,突然露出了笑容。

"是老张吗?"四眼高声说,"我没说错吧,你再晚到一步这里就尸横遍野喽。"蟹兄顺着四眼的目光望过去,大门口站着个胖子,正瞠目结舌看着大家。

瘦子回过头,狗熊和散兵线都不情愿地停下了,胖老张犹豫一下,也很不情愿地走了上来。"出了什么事,"他搔了搔头皮,"我是私房落实政策小组的老张。"

静了一秒钟,大家像是突然明白了什么;林肯像灯蛾扑火那样扑过去,狗熊和瘦子也冲向前,几个人围着老张,七嘴八舌说将起来。蟹兄落在圈外,听不清他们说些什么,只看见那些人的手臂挥舞得像章鱼,老张的脑袋摇得像货郎鼓。

"行了,"胖老张猛吼一声,把大家的嗓门都压住,"吵得人头胀。我都明白了,你,"他指指瘦子,"没有房子还他,于是你,"他又指指林肯,"就抢进了卫生间。是不是这样?"林肯和瘦子都点头。"这样吧,你先退出卫生间,大家再坐下来好好商量。"

林肯的脸白里透青。"我不退,这房子是我家的,谁也不能把我们赶走。别忘了,老张,你也这样说过。"

"是啊,我说过,可这解决不了眼前的问题啊,再说,你们的做法也太出格了嘛。"老张无可奈何。

开战以来,蟹兄第一次欣赏到狗熊的男低音。"和这姓林的啰嗦什么!跟我来,把门砸开,把他林家的破烂都扔出去。"狗熊一声怒吼,那声响那么厚实,像出自功率三千瓦的扩音机。可惜的是,给战役胜利定音并非狗熊的大鼓。就在他们眼睁睁看着那十条大汉跟狗熊向屋里去的时候,大门口伸进了一个小脑袋,紧接着小脑袋里冒出个怯生生的声音:"我们来迟了吗?"

"没迟,"四眼欢呼道,"这些家伙马上就演完了,你们都进来吧。"

小脑袋进门了,这是个十五六岁的男孩,男孩身后跟进一个年岁大些的小伙子,在小伙子背后又出现了个留胡子的家伙,就像变戏法似的,他们一个接一个冒了出来,走进花园,人数足有二三十。他们多半穿着各种颜色的运动衣裤,有的手中还提着明晃晃的刀剑,也不知道是真是假,但站在那儿可真威武。蟹兄傻了。他发现林肯狗熊瘦子胖子以及那十个打手都傻了,像着了孙悟空的定身法,没人能挪动一步,都让眼前这五彩缤纷的一片压得头晕目眩,喘不过来气。

"去砸呀,怎么不砸了?"四眼笑嘻嘻地说。

第一个清醒过来的是胖老张,他走到瘦子跟前,义薄云天地说:"今天这里发生的一切,你要负全部责任。"

好久以后,蟹兄回想起当时的情景还忍不住发笑。瘦子可怜巴巴地看着老张,又看着穿运动衫的和自己带来的人,那十条汉子已经悄悄溜到墙根儿底下了,而穿运动衫的却还听从四眼的招呼围拢上来。大家都看到瘦子脸上有五六种表情交替闪过,虽然道不出那各自的含义是什么,反正当瘦子投降时,大家都觉得是理所当然的。

"请你让你的朋友回去,"瘦子一把紧拉住四眼的手,"我也立刻带人走。房子的事,请你们放心,都好商量。"

蟹兄听到了狗熊的第二声怒吼,按四眼的说法,这叫天鹅之歌。"我要从这里搬走,"狗熊抓住瘦子的衣领,"你给我找房子,要不我明天就住到你家去。"刺啦一声,瘦子的衣领落在了狗熊手里。在一片静穆中,穿运动衫的那批人突然一同鼓掌,给这花园添了点古怪神秘的气氛。

后来,等面包车开走之后,林肯轻轻问道:"四眼,你是怎么把那批武术班的学员给叫来的?"

"戳穿了一钱不值,"四眼得意洋洋地说,"我到街心花园找到他们,说有个香港拍打斗片的导演,今天正在120号花园里招群众演员。只要愿意剃光头,也真能来两个金鸡独立,倒踢紫金冠什么的,都能入选。他们还不来吗?有句实话,听起来像以前日本纱厂大班说的,在上海要只蛤蟆困难,可要找候补电影演员,上哪儿伸手都能抓一把。嘿,不管怎么说,我们得承认,论打架狗熊也许不如蟹兄,可要做裁缝他准是把好手,我从没见过有谁能在一秒钟内把件制服改成学生装的。"

林肯总觉得不对劲,从事情一开始就觉得不对劲。四眼像唱歌那样凑在他耳边说,面包会有的,房子也会有的,他听着,脑壳里却另有一个人在摇头。到现在,仗已经打胜了,那个人似乎还在摇头。

星期二,微电机所来了辆车,这回真是卡车了,把狗熊房里大大小小的家具连同那只蓝色痰盂,一股脑儿装车运了走。瘦子赔着笑脸,说这是第一间退还的房,这星期内一定再退一间,只是务必请开放卫生间,要不他瘦子在所里就没法再混下去,那些人会零刀碎剐了他。林肯搭了会儿架子,最终接受了和约,等降军走后,他和哥哥把那间房清扫一遍,先让老头老太舒服上。

晚上开庆功会,犒赏参战三军,四眼和蟹兄开怀痛饮,他呢,虽然也一瓶啤酒下肚,却仍然摆脱不掉那种不安感。

"你看你林肯,"蟹兄说,"干吗那么愁眉苦脸,你这模样哪像是要回了房子,倒像是遭了强盗抢。"

四眼两眼泪汪汪地看着手中的酒杯:"你不知道,他在恨我,这小子恨我。"

"恨你?恨你干什么?怎么能恨你呢?"

"你不懂,"四眼伤心地说,"当年拿破仑得胜回朝,全巴黎的市民倾城而出,山呼万岁,可拿兄只冷冷一笑,对属下说,等我上断头台的时候,他们也同样会喊万岁的。听到了吗,也同样会喊万岁的。"

"这些王八蛋,"蟹兄怒气冲冲地说,"我可不是这号人。四眼,你也帮我出个主意,让我拿到我那间房子。事成的话,我一定把你当菩萨那样供着。"

不要说四眼听到这话愣了,就林肯也吃了一惊。他看见四眼像一只猴面枭那样翻起通红的眼睛,"蟹兄,咱们的交情怎么样?"

"没话说,一锅吃饭一块儿玩命的交情。"

"好个蟹兄,那你怎么还跟我留了这么一手?"四眼喝道。

"吃错什么药,谁留过一手啦!"

"你不是说你家三代工人吗?"

"没错啊,三代工人,往上还有二三十代贫农,再朝前去没准还是奴隶呢。"

"那你家哪来的私房?"

"噢,这事哪,"蟹兄松了口气,"我哪里有私房,你没到我家去过吗,我住的那间,是我爸爸'文革'里随大流占来的,现在别人逼着要还,可我和秀梅还指望它结婚呢。你听明白了没有,我是要你给我保住这间房子!"

四眼眼睛眨巴了一阵,猛然笑了起来:"我这都成什么人啦,今天替老板逼债,明天帮痞子赖账。好,一言为定,我接受聘请,让咱们再打它一仗。我赞成这样的口号,叫作举起你的右手打倒占房户,举起你的左手打倒私房主。"

他们俩勾勾手指,又一连干了几大杯,然后醉醺醺地唱起歌来。"从来就没有什么救世主,一切全靠我们自己。我们失去的只是卫生间,得到的却是两大间住房……"

林肯被一种不祥的预感压倒了,浑身觉得发冷,但当时他说不清那是什么,还以为是喝多了呢。后来他知道了,错就错在那支歌上,他们不该那么唱,什么"失去的只是卫生间,得到的却是住房",这里有一个逻辑上的错误,卫生间是没有独立意义的,它只能依附于住房而存在,得到了住房,也就是得到了卫生间,怎么能说失去呢。他没想到四眼会犯这样的错误,可等他想到,却已经晚了。

瘦子果然没食言,过几天又在二楼腾出一间,让他哥哥嫂嫂搬进去。两大间住房到手了,可从那天开始,他们也真的失去了卫生间。不管你什么时候敲门,那里头总有人占着,特别是那个长病假的小老头,简直把卫生间当成了阅览室,带了张"参考"进去,就能在马桶上参考一天,于是林肯只能把剩下的两个蓝痰盂给自己家用了。天呐,近八十岁的老头老太,拖着风湿了三十年的病腿和佝偻了二十年的脊柱,颤悠悠坐在那小玩意上,那他妈的才真叫新的经验呢。还有嫂子,挺着七个月的大肚子……唉,这些事,不谈也罢。

挽　联

在一生的最后那星期里,丁二躺在病床上,庄严地做出决定,要为自己写一副挽联。

那天早上,护士长准时把送饭的小车推进十五号病房。像往常一样,早餐是大米粥和煮蛋。丁二一见就倒了胃,他勉强喝了几口,把碗搁在床头柜上。2病床上小伙子兴致很高,吃完自己那份,又抓起头天晚上家里送来的包子,囫囵吞塞进嘴里。"我家的大门原来不朝东,"他边嚼边对丁二说,"硬是被城建局改的。他们说要扩建马路,真操蛋。"也许是最后三个字说得急了点,让他呛着了,他捂住嘴,猛地咳了几声。丁二看猩红的黏液从他手指缝中渗了出来,还以为那是嚼烂了的豆沙。

丁二的妻子玉珍记得2床属虎,每顿都离不开肉,便指着红色汁水问:"那是什么?"小伙子吃惊地望了她一眼,赶紧去看自己的手心,他刚把手从嘴边挪开,鲜血跟着就汹涌而出,像喷泉似的直射到对面墙上。

那是上午八点发生的事。十一点,2床的哥哥悄悄走进病房,打开床头柜,把毛巾茶缸和没吃完的包子装进网兜,又悄悄离去。等他走后,护士长抱来干净的被单和枕套,把刚空出的病床整理得像从没人睡过一样。"过两天有新病人来,"她对玉珍说,"你们不必向他提这事。"

"那墙壁怎么办?"玉珍说。

"没事,"护士长看了看墙,"我通知泥水匠来粉刷一下。"

墙上的血那时已经干结,颜色有点黑,边缘顺墙粉颗粒渗开了去,显得毛拉拉的,看上去就像幅新派的泼墨山水。丁二整个下午都望着这山水,一言不发。玉珍以为他触景生悲,赶忙去给公婆打了个电话。其实她想错了。丁二心里十分平静,他也记起2号床那小伙子是属虎的,今年刚满二十八岁,接着他又联想到那个枪毙鬼陈小蒙。他对自己说,要是小你整一轮的后辈和活得比你更有滋味的壮汉都在前头走了,那你也该无可抱憾啦。于是他不再考虑生死,而专心去想自己还有什么未竟之事,就在那一刻,他想到应该给自己拟副挽联。

丁二的父母赶到医院时,丁二正闭目沉思,开始为盖棺论定自己而回顾一生。他找遍记忆,一直来到三十四年前的初秋,他看到自己穿了一条满是补钉的短裤,已经嫌小的布鞋前面开着口,正好让大脚趾自由伸展出去。他的父母不知为了什么事在屋里吵架,刚出世的妹妹躺在摇篮里扯开嗓门哭喊,父亲把桌子拍得震天价响,丁二一惊,扑进母亲的怀里。母亲使劲把他推开,抽泣着说:"滚一边去!"他再靠到父亲脚边,父亲照后脑勺给了他一巴掌,吼道:"要不是你这个小崽子,老子能落到今天这种地步吗!"

丁二愣了一会儿,他拿不定主意,是应该跟着妹妹大哭呢,还是不声不响躲到屋角落里去。邻居陈家的小孩子大毛在门外叫他的名字,丁二趁机溜出家,和大毛一块跑到屋后。那时屋后还是一片空地,东一处西一处堆满砖块,让他母亲在糊纸盒时无法集中注意力的小学校要在两年后才动工建造。丁二扒下短裤,对准砖堆边一个手指粗的小洞撒尿,把藏在洞里的蟋蟀灌了出来。大毛从口里摸出块黑乎乎的东西,想和丁二交换那只蟋蟀。"这是什么?"丁二问。"巧克力糖,你爸爸妈妈不给你买吗?""常买的,"丁二把巧克力塞进嘴里,说,"给你吧,小崽子。"他把蟋蟀往砖堆里一扔,拔腿便向这里跑。

丁二的母亲把碗端到他嘴边。碗里盛的是甲鱼汤,熬得色如牛奶。他母亲轻轻说:"别去想那件事了,小二,你得多吃点东西,增加抵抗力。"丁二不知道那碗直冒热气刺得他腮边发痒的是什么东西,只是讨厌有人打断了自己的思路,他猛一下推开母亲的手,让那碗花了四十多块钱才煨成的汤全倒在了她的棉袄上。

丁二的母亲咬住嘴唇退出病房,对正在走道里抽烟的丈夫说:"小二把汤全泼在我身上了。"

"他得了这种病,肝火自然旺些,你别怪他。"

"不是,"母亲忍不住淌下了泪,"我是说,他大概还在恨我。"

丁二的父亲把烟头丢到地上,用鞋底踩灭了。"该的,"他叹了口气说,"这也是咱们的报应。"

丁二意识到父母不喜欢自己,是在中学里的事。那

年,他写的一篇作文受到好评,登上了学校的黑板报,班主任李老师甚至当着全班同学的面说,他将来有希望成为一名作家。

丁二念到初中二年级,正逢上海解放十五周年。为纪念这个日子,学校包了一场电影,片名叫《霓虹灯下的哨兵》,说的是解放军刚打进上海的情景。看完电影,李老师要每位同学回去写一篇观后感。晚上丁二在小台灯下趴了两小时,他写得很动感情,不知不觉中他把电影里那个大个儿黑脸的山东兵当成了自己父亲。他知道父亲也参加过那次战役。心情好的时候,父亲曾对他和妹妹讲过自己指挥连队冒着枪林弹雨冲过外白渡桥,以及其他种种英勇事迹。丁二听着,抑制不住心头的自豪感,唯一使他觉得美中不足的,是那些战斗故事最后却总以一声"要不是你这个崽子"而告结束。

李老师看过丁二的作文,立刻请教研组众同事传阅。他问了一遍又一遍:"你们班有哪位同学能写出这样的作文吗?"有个同事反问:"这个丁二是谁?"没有人能把那个像鸡一般瘦弱的小男孩和建校以来的最佳作文联系在一块。李老师操起饱蘸红墨水的毛笔,在丁二的作文本上画了百来个小圆圈,第二天又在课堂上把圈出的警句高声朗诵给全班同学听。其中有一句是这样的："革命战士抵住了南京路上的香风臭气,让帝国主义者的预言遭到彻底破产。"

丁二的作文登上了学校门口的黑板报,后来又被选入教育局编的全市《中学生优秀作文选》。李老师请丁二走上讲台领书,激动得声音直颤,"让我们祝贺丁二同学给学校争得了荣誉",他说,于是全班同学一致热烈鼓掌,其中最卖力气的是大毛。回家路上,大毛寸步不离走在丁二身旁,又钦佩又羡慕地用肘子捅着他的腰。丁二觉得被大毛捅的地方有些隐痛,但因为心境太好,他也就不打算计较了。

那几天丁二父亲大腿上的枪伤复发,在厂里请了病假。丁二一到家,就把《作文选》递给父亲,他站在一边,喜滋滋地望着爸爸读自己的作文。他期待能得到几句赞赏,因为这作文本来就是他为父亲写的。然而他又失望了。父亲看过之后,恶狠狠地骂了句脏话,把书扔到屋角堆着的纸板盒上。丁二看到母亲瞪了父亲一眼,那些纸盒是她辛苦一天的成果。每糊一打生产组给五分钱,最顺手的时候,她一天能糊二十打。丁二捡起《作文选》,小心翼翼地用衣角擦去书面粘上的糨糊。这时屋后的小学响起了下课铃,学生像潮水拍岸似的冲出校门,一边跑一边呼啸。丁二母亲有气无力地说:"这日子怎么过,连想清静些都不行。喂,你傻站着干吗,还不快洗衣服去。"

最后两句他是对丁二说的。床下脚桶堆满全家换下的脏衣服,都由丁二包洗,有时丁二也会咕噜几声,怨母亲为什么从不叫妹妹分着干些。不过那天他没想这个。他抱着脚桶走到最远的水龙头那里,因为不愿意被大毛看见。边放水边琢磨父亲干吗要这样待他。那时他并不知道他父亲是南京路上唯一没能抵制住香风臭气的革命战士,所以他得出的结论只能是父母都不喜欢自己。

洗衣服时,丁二的腰部又开始作痛,他没敢告诉母亲。再过了两天,他尿里出现血丝,广济医院的医生诊断他得了肾炎。二十六年后,同一医院的另一位医生认定他的肝病与肾炎有关。

自从丁二认准了目标,生活中其他的事便全没了意义,他整天寝食不思,心里想的只有挽联。玉珍把小板凳端到他床边,拉扯着邻里街坊的闲话,却不清楚他是否在倾听。丁二靠在枕头上,永远面带严肃的表情,大部分时间他在给自己一生寻找恰如其分的评语,实在想累了,他也打一小会儿瞌睡。在极短暂的梦境中,他走进南京路上的新华书店,从文史类专柜抽出一本厚厚的精装书。"这是什么书?"身边一个小青年探头问道。"楹联集萃,"他不耐烦地说,"就是精选古今最佳联句的书。"他翻到挽联那章,一眼看到自己的大作排在榜首,底下的小字是杭州大学那位蜚声海外的老教授作的注释,"哀艳凄绝,苍然悲凉,实一时之选。"

趁丁二睡着的当儿,玉珍来到医生办公室。王医生刚查房回来,脚搁在写字台上看笔记本,近来他打算写一篇关于肝癌患者心理疗法的论文,这主意也是从那篇教人如何保持心情愉快的文章中来的。

玉珍告诉王医生,丁二的胃口越来越糟,除了几口稀饭几乎什么都不进,连平素难得吃到的甲鱼都被他泼了。"利弊总是相辅相成的,"王医生说,"他先天肾亏、胃寒,甲鱼对他的肝有好处,可胃吸收不了,他的肾脏需进温补,但肝又承受不住。你听说过楚人卖矛的故事吗?在他身上,肝就是矛,肾就是盾,以子之矛攻子之盾,难哪!"

玉珍又问现在该做些什么。

"该做的都做了,"王医生说,"现在就看他自己的生命力。"

丁二的母亲晚上要陪夜,那会儿在家里睡觉,因为没听到王医生的分析。这对她或许更好,要是她知道儿子的肝病和肾炎有关,肾炎又和她早先胡乱吃药有关,无疑她会自责不已。在怀上丁二的时候,她曾经从一人高的假山上蹦下来,再飞快地跑二百米跨栏,她也试过丁二父亲的山东秘方,一口气喝了三大碗巴豆汤。那苦不堪言的药汁让她连泻了五天,几乎脱了人形,却没有奈何得了她肚子里的祸根。

这些事大字报上倒压根没提,贴在丁二家北墙的大字报只写到他的爸爸。那时期中学已经停课闹革命,屋后那所小学倒还照常营业,每天上下课,总有几个小学生站在北墙前,像认语文课本那样跳过生字大声地念:"×化×落分子丁长×只许老老实实不许为非做×。"晚上,丁二的妹妹做完功课,把铅笔盒塞进书包,突然发问:"哥,大字报上'化'和'落'前面的两字应该念啥?"丁二给了她一巴掌。妹妹哭着拉扯妈妈的手臂,但爸爸妈妈都沉着脸一声不吭。在丁二的记忆里,只有这一次,父母没帮着妹妹责骂自己。

于是丁二知道了父亲心情再好也不会说出的故事。解放后,父亲带领他攻占外白渡桥的连队驻守上海,在最热的那个夏夜他应邀去参加军民联欢,并和女学生组成的腰鼓队一块扭起秧歌。就在那晚上他结识了丁二的母亲,忘记自己在山东乡下还有个没过门的媳妇。以后发生的一切是作为人子很难评判的,反正母亲生下了他,因此再也不能上学了。

日后丁二还听说,曾有位著名的作家去过父亲原在的部队,为创作一个剧本搜集素材,他知道了丁二父亲的事,立刻悟出这典型背后的重大意义。他把丁二的父亲写进剧本,按照艺术规律做了加工。他给那出戏取名叫"霓虹灯下的哨兵"。定稿本中,丁二的父亲名字叫排长陈喜,曾一度被南京路上的香风臭气熏昏了头脑,竟嫌弃起来自老根据地的妻子。然而在连长和指导员的批评帮助下,他终于清醒过来,取得了同志们的谅解。在戏的尾声,排长陈喜重新穿上妻子亲手缝的老布袜,荷着步枪,胸戴红花,雄赳赳气昂昂地跨过鸭绿江。

生活中的陈喜就没这么走运,他被开除了军籍和党籍。

2 床空出的第三天,窗外下起淅淅沥沥的春雨,黏搭搭的潮气飘进病房,使刚粉刷一新的墙上重现出褐色斑点,由此丁二想起了圣经中墙头显出字迹的故事。

丁二知道雨是从凌晨 3 点零 2 分下的。在那以前,他还和大毛一块百无聊赖地在学校闲逛。大毛家前门也被人贴了大字报,因此他们俩就和班里红卫兵的活动无缘了。操场上有几个教师在扫地,胸前都挂着小黑板那么大的纸牌子,扫帚的长竹柄不时碰上纸牌,这使他们扫地的动作看起来像是某种舞蹈。丁二和大毛走到其中一人面前,丁二问:"你是什么东西?"教师低着头回答:"我是牛鬼蛇神。""你犯了什么罪?""我恶毒攻击社会主义,还调戏妇女。"教师照着胸前纸牌上写的念。大毛嘻嘻地笑了。丁二绷着脸说:"抬起头来,打自己十下耳光。"那教师无奈抬起了头。两年前他曾看过丁二的作文,并问李老师这个丁二是谁。不过那以后丁二模样变了不少,下巴上已经冒出了几根细细的山羊胡子。"打呀,"丁二喝道,"打重些!""算了吧,"大毛扯扯他的衣袖。"不行,他根本没使劲。"丁二怒气冲冲。突然间,他感到腹中一阵绞痛,他翻过身,便从床上坐起来。

病房里的灯关了,母亲伏在空着的2床上,轻轻打着呼噜。丁二下了床,扶着墙壁摸出房门,走进厕所。厕所的窗终年长开,丁二听见雨点打在屋外青树叶上的滴嗒声。暗淡的灯光照亮他腕上的手表,时针指着3点过一些。他为自己只是腹泻,却没想到再过几小时,王医生将给他开一张病危通知。

早上醒来,丁二发现床单上有一摊血迹,进而又发现血是从自己内裤中渗出。玉珍和他的妹妹刚到医院,三个女人见此情景,不知如何是好,赶紧把王医生请了来。"用不着紧张,"王医生看了看床单说,"有许多因素可能导致出血,比如说痔疮。"走到屋外,他又对玉珍说:"我要给他开病危通知。"

玉珍没敢发出哭声,但眼泪仍是不由自主地掉了下来。"其实也没什么,"王医生安慰她说,"楼上有个老头,报过五次病危照样活得鲜蹦乱跳,可像你们旁边2床上那个,一次通知都来不及发就报销了,那才真叫糟呢。"

丁二根本没理会王医生安慰他的话,望着墙上重新现出的褐斑,他清醒地意识到来日无多。因此王医生刚跨出病房,他的思绪已经跨出二十年,他给李老师开了门,请他坐在屋里唯一不会吱嘎摇晃的椅子上,泡好茶,并从父亲的枕头下偷出香烟,对李老师,丁二倒是始终尊敬如一,即使当李老师落难在操场上扫地时,丁二也从没去骚扰过他。

李老师是来作毕业分配前的学生家访。他对丁二说分配方案已定,有三个去向:上海工厂、江西插队和黑龙江生产建设兵团。"你应该明白,"李老师说,"因为你父亲的问题,留上海工厂不太可能;江西农村穷得很,你多半养不活自己;黑龙江农场倒是又有工资又发衣服,然而条件比较艰苦,就怕你身体受不了。"李老师说到这儿,停顿了片刻,想听听神情呆板的丁二有何打算。门外传来一阵吵嚷声,是丁二的母亲在斥责他妹妹,她要女儿把哥换下的血染的内裤拿去洗了,女儿却背着手迟迟不接。丁二的母亲骂道:

"没良心的东西,让你给哥做点事就这么万难,你小时候的尿布都是谁给洗的!""吵什么吵!"丁二大吼一声,"老子活不了多久了,再让我安静几天也不行吗!"

李老师接着又说:"依我看,你干脆哪儿都别去。反正你肾炎没好透,要求病休也顺理成章,留在家里待分配,养养身体,空闲时也可以读点书,你说呢?""我得问过我爸爸妈妈。"丁二答道。"好吧,跟父母商量一下,明天把商量的结果告诉我。"李老师没找到烟缸,只能把烟头丢在门外,他向丁二挥挥手,朝大毛家走去。丁二站在门边目送李老师,那时太阳刚爬上对街五层楼百货大楼的屋顶,阳光穿门而入投在他家的地上。若不是2床那小伙子,丁二这辈子绝不会想到生癌和家门的朝向会有什么关联。

"你到李老师家去替我借本书。"丁二对他妻子说。
"什么书?"玉珍说。"《楹联集萃》,就是精选古今最佳联句的书。"

那天下午,玉珍去李老师家借书,丁二的父亲坐到了床边的小板凳上。"这样下去你会被拖垮的,"他冲着斑驳的墙狠狠吐了口痰,对丁二说,"你需要多吃多睡,养精蓄锐,跟疾病作斗争。"

丁二被父亲的声音从远处的阳光下招回,一时来不及答话,他父亲却以为他心有顾虑。"不必考虑钱的事,你想吃什么尽管说,再贵我和妈妈也会去买。"

"那天你可不是这么说的。"丁二冷冷道。

"我说什么啦?"

"你说你工资不高,妈妈靠糊纸盒也挣不了几个钱,养我到这么大就算不容易了。你还说你在我这种年纪上,早离开了父母,成了个顶天立地的汉子,用枪撂倒的蒋匪,已经不下一个班了。"

"我哪天说过这些话?"父亲瞠目结舌。

"你忘了,我可没忘。"丁二别过脸,不再理父亲。他推门出去,走向对街的百货商场。"等等我。"大毛从身后追来,他们俩从一楼逛到五楼,最后在鞋帽柜台前站住。大毛愁眉苦脸说:"李老师要我去黑龙江农场。""哦?""我可不去,"大毛说,"我爸爸讲家里不多我一人吃饭。""哦。"丁二打量着货架上排得整整齐齐的棉帽。"丁二,你有病,李老师说可以办病休。我们俩干脆做个伴吧。""病休?"丁二不屑地哼了一声,"窝在家里,浪费青春年华,过几年再进生产组和那些老太婆一块去糊纸盒子?我才不干呢。同志,请把那顶草绿色的棉帽拿给我。""你打算去哪儿,黑龙江?听说那里可冷啦。""那又怎么样,你想想松花江,大平原,一望无际的白雪,满山遍野是大豆高粱,多有诗意,那才叫真正的生活。"丁二戴上棉帽,微笑着看镜子里的自己,那顶厚厚的帽子把他的脸遮去了一半。"好。"大毛也被丁二鼓动起来,"我和你一块去黑龙江。我就跟爸爸说去。"

"你猜我在李老师家见到谁了?"玉珍从李老师那里回来,把《楹联集萃》放在床头,"大毛,你知道吗,他回国讲学了。"

丁二撇撇嘴,他早就知道大毛回来了。玉珍拿着厂里的证明信把他从派出所领回家的那天,他烦闷中打开电视,正巧看到记者采访大毛的镜头。他听大毛和记者你来我往问答了几个回合,忍不住骂了句小人,便咔嚓一声把电视机关掉了。

"大毛给我一张名片,"玉珍说,"他明天要来医院看你。"

"我用不着他看,"丁二说,"这个小人,说好跟我一块去兵团农场的,转眼就变了卦。"说罢,他自顾自研究起对联。

其实那件事不能怪大毛。他是真心实意想跟丁二一块去尝试充满诗意的生活,为此他差点和他爸爸吵翻了。可儿子毕竟拗不过老子。他老子是潮州人,从前开过当铺,一辈子也没跨过长江,更不相信冻死人的冰天雪地里有什么诗意。大毛在家里窝了十年,他用十年时间啃掉高中两年和大学四年的课本。十年后,大学恢复招考,他考取了交通大学的研究生,不久又去美国攻读博士。

他给玉珍的名片全是英文,中间那行印着"Dr. David Chen",那张纸相当结实,丁二撕碎它时还费了点劲。"忘本啊,"丁二对玉珍说,"明明是大毛,却叫什么大卫,这种小人怎么可以做朋友。"

于是丁二只能孤身一人去了黑龙江。那是元旦过后的第一个星期天,收音机里报告北方强冷空气南下,呼呼的寒风刮得行人缩头缩脑。丁二戴上棉帽,提着个旅行包走出家门。旅行包里放有换洗内衣、毛巾牙刷、五块钱和一本过时的中学生作文选。丁二的父亲一手夹烟一手拉着女儿,母亲套着沾满糨糊的围裙,把他送到弄堂口。街拐角处停着一辆卡车,将送那些刚穿上军服显得有些不知所措的少男少女去火车站。在丁二爬上卡车之前,他走近父亲身边,含含糊糊做了个手势,父亲不知他想说什么,便把耳朵凑了过去。他听到丁二低声然而绝对清晰地说:"要不是你这个老头子,我怎么也不能落到今天这种地步!"

丁二一面翻看《楹联集萃》,一面在纸上写写画画,时而喜上眉梢,时而咬牙切齿,把纸捏成一团扔到床下。玉珍接连拾起三个纸团,她悄悄摊平,看到纸上写有这样的句子:"卅春辛劳一场空"、"卅年劳累所无得"、"卅载春秋梦黄粱"。后来她请教过李老师。"卅念系,"李老师说,"就是四十的意思。"

或许因为构思不太顺手,丁二有些烦躁起来。他让玉珍倒杯开水,又怪端上的水太烫,是存心谋害亲夫。"你何必亲自下手,"他挖苦道,"再等几天癌会让你如愿的。"玉珍毫无办法,只能远远地站到窗边,望着雨帘自言自语说:"下,下,这雨还有没有完。"

丁二也向窗外望去,他什么也没看见,窗玻璃上结满白花花的冰凌,一片模糊。他再看自己手里的书,却是1964年版的上海市中学生作文选。一个身高马大的女人提着两个热水瓶进了病房,用屁股碰上门,跺去鞋底沾着雪的黑泥。"雪下个没完,"她操着东北口音说,"连狼都饿急了,昨夜里窜进三连豆腐房,咬得老王头满腿是血。"丁二掀开棉被下床,倒了杯水,即发现杯里没一丝热气。"什么医院,"他忍不住骂道,"水瓶都不保温。""就这还有人赖着不肯走呢。"那护士说,"到底比连队里舒服多了。"

丁二明白和护士争论绝没好处,便及时闭嘴,把书拜到鼻尖。到黑龙江不久,他肾炎再次发作,孤零零住进了场部医院,每天陪伴他的只有这本作文选。他把自己的背得烂熟,又一遍遍反复读别人的文章。作文选上写着所有选入者的学校、年级和性别,丁二不知不觉把他们看成自己最亲近的朋友,看成了自己的兄弟姐妹。

从铅印的文字中,他揣摸着作者的音容笑貌,猜测他们的家庭环境。他很想知道,这些和自己一样原本可以成为作家的人现在在哪儿,又在干些什么。

这批人中那时有一个正蹲在离医院十五公里外的茅坑上,光着屁股恶毒地诅咒这鬼天气。他名字叫陈小蒙,是个高干子弟,日后只差那么一点就真成了作家。他大学毕业后,在一家法制刊物当记者,写过不少引人注目的文章,正当作家协会准备吸收他入会时,他却被枪毙了,原因是强奸妇女。中级法院在体育馆召开公判会那天,丁二就挤在第一排。戴大盖帽的法官在主席台上宣判陈小蒙死刑,丁二在台下对玉珍说:"你瞧,他长得和我想象中一模一样。"

"你瞧,大毛来了。"玉珍站在窗边说。

"我说过不见他,你叫他走。"丁二不耐烦地说。

"你怎么能这样,"玉珍责备道,"人家好心好意,冒着这么大的雨来医院,你也太不近情理了。"

"你以为他真是来看我吗?"丁二怒不可遏,"狗屁,他是为了让自己心情愉快,告诉他,这诀窍也不算高明,我试过更好的,去出席陈小蒙的公判会。"

按丁二的心思,是要把大毛挡在病房门外,可是玉珍说什么也不肯干。丁二只得闭上眼,把被子蒙住下巴,装做熟睡的样子。他听到走道上由远及近地皮鞋响,门吱嘎一声开了,玉珍把大毛请进房,接着他觉得眼前一暗,知道两人站到床边,挡住了窗口的光。玉珍把被子拉下一点,轻轻说:"丁二,大毛看你来了。"丁二不动声色,心里骂道这女人真多事。"别叫醒他,"大毛忙说,"让他休息吧。""他刚才还醒着,怎么一下就睡过去了?大概是这几天晚上一直睡眠不好的原故。"玉珍很是抱歉。"没关系的,"大毛非常客气,"我只是想看一眼。我早想来了。丁二是我童年少年时代最亲密的朋友。"丁二暗暗好笑,心里说这小崽子看来没多大长进,连吹牛都吹不像。他咔嚓一声打开电视机,不想正看到那个贱里贱气的女记者把麦克风伸到大毛的胳肢窝下。"陈博士,在采访开始之前请先让我对您在超导材料方面取得的杰出成就表示祝贺。""谢谢,"大毛作谦虚状,"其实这算不了什么,我始终认为我们中国人是具有聪明才智的。""您是不是说在研究过程中并没有遇到太多的困难?"记者向大毛身边挪近了些。"不,不是这意思,我出国十年,独居异乡,遇到的困难真是难以想象,但想到祖国,老师和父母的期望,再苦也就熬过来了。""我们从报上得知您是通过自己走上成材之路的,那么您能否向我们的电视观众透露一下您的成功秘诀?""可以,当然可以,"大毛微笑地说,"如果真有秘诀的话,我想是两条,目标和毅力。"大毛从电视屏幕后直盯盯地望着丁二,右手下意识摸着嵌有南加州大学校徽的领带别针。"当时有的同学去江西,有的去了黑龙江,但我哪儿都没去,在家待了十年,我的目标非常明确,读书,上大学,别人剥夺了我学习的机会,可我自己绝不放弃。如果没有明确的目标和坚韧的毅力,我想我至今一事无成。"

丁二伸手关掉了电视机,还没来得及骂出"小人"二字,显像管熄灭时的白光像闪电一般穿透他的脑门。他突然大声叫道:"慢着!"

"慢着?"玉珍莫名其妙,"大毛早走了呀?"

"有了。"丁二喜出望外地睁大眼睛。

"有什么了?"

"一事未成有负师长同窗?"

"什——么!"

直到丁二被农场打发回家,他也未必能说出什么是真正的生活。那些年里,他在医院度过的日子远远多于基层生产队。他见过大豆高粱、一望无际的白雪,也见过黑夜里闪闪发绿的狼眼睛,但见得最多的还是护士们常

板结的嘴脸。如果他能像大毛那样有明确的目标和坚韧的毅力，这些倒不失为有用的素材。他可以充分发挥想象力，在医院被窝里写下一叠厚厚的手稿，然后在首页用仿宋体题上篇名"雪国天使"，或是"这充满诗意的土地"。

丁二扛着他的旅行袋坐上回上海的火车，袋里除了从家里带去的东西外，只多了一叠厚厚的病历。陈小蒙正巧也坐在那列火车上，他厌倦了黑龙江的严冬，靠父亲的老关系调到了南方。他们两人的座位相隔三节车厢，因而失去了结识和漫谈写作经验的机会，不过那会儿他们俩对这或许并无兴趣。按作文选上标明的，陈小蒙比丁二高一班，应该已是条二十六七的壮汉，肾脏像牯牛一样健全，在车轮与铁轨单调的撞击声中，他憧憬的多半是漂亮女人。而丁二挂在心上的却是如何给父母一个交代。

丁二回到家，第一句话便对父母说："干吗这样看我，不是我自己硬要回来，是农场把我退回来的，他们怪我生病太多。"他父亲一声不吭抽着烟，母亲叹了口气，又埋头糊她的纸板盒去了。丁二发现家里几乎没任何变化，唯独变了的是妹妹，她高了，也胖些了，身上有了曲线，已经长成一个青年。晚上丁二和妹妹睡在又低又窄的阁楼,妹妹在两板壁正中钉了钉子,拉一根晾衣绳,在绳上搭了块白布单。将睡着之际,丁二透过地板缝隙听到母亲悄声说:"小妹已经大了,让他们俩挤一起睡不太好。""有什么办法,"父亲沉默一会儿,"又不能把他赶出去。"从梦中醒来时,他又听到一男一女轻轻说话,却是玉珍在劝父亲回家。

"爸爸,你回去吧,"玉珍说,"有我一人守着就行了。"

"两个人总比一个强,"父亲说,"我在这儿你也可以抽空打个盹儿。"

"我年纪轻,熬一两夜没关系。你比不得我们。"

"不碍事的。当兵那会儿,急行军几天几夜,常有的事。"丁二的父亲沉默了一会儿,又说,"他小的时候,我没对他尽多少心,现在能侍候一回算一回吧。"

没尽多少心!丁二咬住被角,差点嚷出声来。没尽多少心,你说得真好听,打我的脑袋算没尽心!让我从七岁起就包洗全家衣服算没尽心!让我生着肾炎去黑龙江算没尽心!让我住在用竹篱笆围成的灶间里算没尽心!玉珍不再说什么,呼啦啦吸着鼻子,好像眼泪鼻涕全下来了。丁二恨不得给她一巴掌,让她别再丢人现眼。他决定不去听这糊涂女人和混账老头的胡扯,便用手指塞住耳朵,像避瘟疫似的跑了出去。

"你在看什么?"丁二顺道走进大毛家。大毛正伏在案头,面前堆满了书,草稿纸上横七竖八画着看不懂的符号。"微分几何,"大毛叼着铅笔,苦恼地搔着脑袋瓜,"说真的,这课程太伤脑筋了。""那你看它干吗?""没事呗,"大毛反问,"不看又能干吗?"丁二走到窗边,看见妹妹挽着一个小伙子的胳膊从街上过来。"哎,你昨晚怎么搬到灶间里去睡了?"大毛说。"那里舒服。"丁二说。"怎么会舒服?四面透风,我在外面都能看见你的大脚趾。""就这舒服,在东北冻惯了,回到上海像进了热带丛林。"丁二边说边望着妹妹从那傻小子臂弯里抽出手,笑嘻嘻把他推开,一扭一扭进了弄堂口。"你以后准备干什么?"大毛又问。"进生产组吧。""进生产组?"大毛吃了一惊,"和那些老太婆一块糊纸盒子?你不觉得浪费青春?""青春?"丁二猛地转过身,"操他妈的,我们还有那玩意儿吗?"

那以后,丁二便进了生产组,和母亲一块糊着纸盒。糊纸盒有个好处,不必坐班,实行弹性工作时间,不过这也意味着没有白天夜晚、星期日和星期一的区别。大毛高中研究生那年,他被调到街道加工厂当会计。大毛竭力劝他去考大学,但丁二没动心。他知道父母虽乐意他搬到学校宿舍去住,可绝不会掏一分钱供养近三十岁的儿子重新读书,更不用说万一自己落榜时全家会怎么冷眼看他。大毛引诱他说:"你可以去考中文系,记得吗,李老师说过你能成为一名作家。"

"学校出不了作家,"丁二引用高尔基的例子,义正词严地回答,"作家的摇篮只能是人生。"

> **十五病房 2 床。男。40 岁。晚期病人。位置靠门静脉。两日前大量便血。发生病危通知。服用中药后又趋稳定。其妻说他心事很重。常陷入沉思。有时自言自语。不积极配合治疗。不思饮食。靠什么力量支持?有趣的病例。**

查房的时候,王医生在笔记本上写下这些话。这本子他走到哪儿都带着,便于随时为论文积累资料。他看看睡熟的丁二,问玉珍:"你说他心里有事,到底是什么事?"

"好像是对联什么的。"玉珍没把握地说。

"对联?"王医生以为自己听错了,"对——联——,怎么是对联?"

"我也说不准,可他老是在看这本书。"

王医生拿起《楹联集萃》,翻了几页,发现书中谈的确实是对联,于是大惑不解,往笔记本上添了两个大大的问号。玉珍问道:"医生,你看能不能给他用点气功? 他以前练过一种常青功,效果好像不错。"

"这由你们自己决定,"王医生放下书,十分严肃地说,"不过话得讲在前头。出了事院方不负任何责任。"

那会儿丁二其实醒着,王医生和玉珍说什么他听得一清二楚,并从眼角缝里瞥见王医生边问边往小本子上写字。他对王医生说的那句话特别反感,对联怎么啦,他愤愤地,为什么不能是对联? 等王医生一离开,他便撑起身子对玉珍吼道:"你干吗让那个笨蛋碰我的书!"

玉珍吓了一跳,"你没睡着?"

"我当然没睡着,"丁二说,"你昨晚和老头子说话时我也没睡着,告诉你,以后少在我背后胡说八道。"

玉珍这时倒坦然了,坐到了丁二床边。"既然你都听见了,我就开诚布公和你谈谈。"丁二猜到女人要说什么,赶紧别转脸,想让她知难而退,但玉珍还是说了起来。"也许你父母先前对你不太好,可自从你住院以来,他们的确变了,我看得出,他俩真恨不得把心掏给你。丁二,我求你,对他们说句好话,哪怕做个笑脸也好。不管怎么说,他们总是你的生身父母啊。"

"正因为这样,我才恨他们,"丁二把牙齿磨得喀喀响,"他们亏待我,亏待亲生儿子整整四十年,你见过这种生身父母吗？他们两个毁掉了我的身体,毁掉了我的前途,现在大概有些过意不去,想要在十几天里补回四十年的过,然后再心安理得、乐呵呵回家逗外孙去。你是要我对他们说句好话吗？我会说。等那时刻到来时,我要当面对他们说,我不原谅你们！永远不！"

他一口气说完这些话,顿时感到精疲力竭,他松开支撑身体的右臂,又躺在床上,于是他对母亲说的那两句话,就只有他自己听见了。"你让我学你的样,"他冷冷一笑,"可我不会的。"他闭上眼睛,玉珍明白这表示谈话结束,只得到走道上去熬中药。一股难闻的气味从砂锅中飘出,刺激了丁二的鼻腔,他以为是放在床脚前煤球炉没封好。他下离床,想把煤炉挪开些,却发现有人站在自己门口。透过灶间篱笆的空眼,他看到一个从未见过的男人正指手画脚心急火燎地跟母亲说话。

那男人走后,家里响起争吵声,似乎母亲要去哪儿,父亲却粗声粗气阻止她。母亲主意已定。"我偏要去,"她高声说,"我就是要去。"过了一会儿,母亲走进灶间,她换了一件出客时才穿的衣服,对丁二说:"你陪我出去一次。"那时已是半夜了。丁二觉得很奇怪。"这么晚了你去哪儿？""去见你外公。"

丁二本来不打算去,但没斗过自己的好奇心。他从没听母亲谈起过家世。在妹妹出麻疹那年,他曾随她去买药,走过一条树林遮天的僻静小街。母亲在一扇黑铁门前站了片刻,对他说:"我小时候就住在这里,里面有个园子,种着好多好多花,一个大草坪。"即便那时,他记得母亲也没有提到过外公。不过人总有来历,这点他深信不疑。

丁二陪母亲赶到一家医院。他们走上三楼。

走道里很暗,病房都关着,只有一扇房门大开,向外放着黄色的亮光。几个人迎了出来,那个刚到他家去过的男人连连说:"还好,还好,总算赶上了。""这是你舅舅、大阿姨、二阿姨。"母亲说。丁二没有叫人,他靠在门外,望着病房里那个奄奄一息的老头。阿姨中的一个凑在老头耳边说:"阿爹,你看妹妹来了。"母亲走到床边,老头向她伸出颤抖的手,喉头发着喀喀的声音,两颗泪珠顺眼角的皱纹滚到耳垂上。"别说了,"母亲扑在床上号啕大哭,"我不怪你,阿爹。"

外公在第一线阳光从窗口射进病房时咽气。弥留之际,他始终死死盯着丁二的母亲,不停地翕动干枯的嘴唇,可临了也没吐出一个字来。丁二和母亲回家时,街上满是落叶,脸带倦意的清洁工像驱赶羊群似的挥动着扫帚,丁二生出了一种恍如隔世之感,他问母亲:"就是这个老家伙把你赶出门的?"母亲用手绢捂着嘴,一声不吭。丁二又问:"是因为连长,还是因为我。"

"住口,"母亲狠命跺了下脚,把手绢向他扔去,"我怎么会生出你这种不孝子来的。"

丁二从地上捡起手绢,抖抖干净还给母亲。"可不能就丢了,"他笑笑说,"买条新的得多糊不少纸板盒呢。"

丁二的外公临死前究竟在想些什么?是他总结一生之后对自己早年所作所为追悔莫及、企望得到女儿的原谅呢,还是他最终达到大彻大悟的境界、原谅了罪不可恕的女儿。由于他未能及时表达,这已成了永恒的疑问。

丁二全家参加了外公的追悼会,排在家属队伍的末尾接受吊客的慰问。然而他们没能分得遗产,这也是外公没留下一言便撒手西去的后果。丁二的母亲只从娘家取回一枚钻戒,那东西原本就是她的,多年前,当她仓猝离家时,她义无反顾地把它从手上抹下,丢在她父亲书房的拼花地板上。

女儿结婚那天,丁二的母亲把钻戒送给她当嫁妆。婚宴设在查花中厅,新房就在丁二家的大房间里。铺上地毯糊上墙纸装上壁灯之后,这屋子面目一新,叫人不敢相认。丁二母亲把钻戒套上女儿无名指的时候,屋角的落地音箱正放着优美动听的维也纳森林故事,母亲含着泪对女儿说:"从小我就盼着能在斯特劳斯的圆舞曲中举行婚礼。我没能如愿,但这愿望到底在你身上实现了。"

丁二是在妹妹婚前半年成的家。那天他妹妹的男朋友第一次上门来拜见未来的丈人丈母,他母亲从下午两点起就在灶间里烧菜,弄得丁二的帆布架上都沾了层厚厚的油烟。父亲和妹夫你一杯我一杯地灌酒,临了两个人的脸都红得像油爆虾。丁二喝完汤,用手背擦了擦嘴,离开饭桌前他向全家宣布,下星期他要结婚了。

父亲慢慢放下酒杯,母亲一个劲在围裙上擦手,两人交换着眼色,都说不出话来。"我不是来征求你们同意的,"丁二冷眼瞧着他们的窘态,"我只不过通知你们一声。""那好,"他父亲松了口气,"反正这是你自己的事,你自己决定。不过有句话得说在前头,你不能结在这里,阁楼你妹妹还要住呢。""你放心,就是你留我我都不住这儿。这屋里有股气味,我受得了,玉珍也受不了。""什么气味?"妹妹的未婚夫忙问。"吃饱山东大葱放出的臭屁味。"丁二说。"小崽子,你竟敢骂你爸爸!"他父亲头颈上暴出青筋,推开桌子,踉跄站起来,对丁二扬起拳头。"怎么着,你现在还想打人?"丁二向前了一步,满不在乎地挺起胸膛,"要是你腰里别着手枪,大概还想把我毙了吧?不过你别忘了,连座,早在三十七年前,你就被开除军籍啦。"

和父亲吵架的事丁二从未对玉珍说过,他只告诉玉珍不能在家里嬉婚。"为什么?"玉珍问,"你们家不是有个阁楼吗?""那是我妹妹住的。""别人家里有空房总留给长子,就算男女平等吧,也该谁先结婚先尽谁嘛。"丁二噼里啪拉打了几下算盘,说:"留神点你的钱,小心算错了。"那是他们财务室共处的最后几天,按照财务制度的规定,夫妻二人不得在同一单位里担任会计和出纳。玉珍和丁二核对了账目,把保险柜里的人民币一一结清,准备移交给下任出纳。"现金差两角伍,"玉珍对丁二说,"我垫上算了。你是不是跟你父母关系不太好?""你胡扯什么呀,"丁二瞪起了眼睛,"我只是不想老和他们住在一块。"

于是玉珍不再发问,她拉开办公桌的抽屉,拾出自己的私人物品,除了那些雪花膏瓶和绒线针,她还郑重地把一本过期的法制刊物放进手提包里。在她和丁二关系深化的进程中,这本杂志曾起过相当关键的作用。在一个星期六的下午,她对丁二说:"你知道会计是怎么做假账贪污巨款的吗?看看这篇文章吧。"丁二接过杂志,看见了作者的大名。"陈小蒙?"他眼睛一亮,"不知是不是那个陈小蒙。""你知道他?"玉珍问。"应该是知道的。"星期一丁二把作文选带到财务室,让玉珍看这两个陈小蒙是否同一人,可玉珍的目光却跳到了后面几行。"这不是你吗?"她很是惊奇,"你的名字也在书上呢。""初中时写的一篇作文,其实也算不了什么。"丁二不经意地说。

从此玉珍看丁二的眼光就有点异样。她对医务室周大姐说:"你别怪他老来开药,进咱们厂他也算落难了,按说他是块动笔杆的料。"周大姐双手飞快地团着绒线,撇了撇嘴说:"我看这人没什么出息,整天阴阳怪气的,就像全国人民都欠了他的钱。""人家可是有大学问的,"玉珍说,"初中作文就登上了书。"周大姐斜眼瞥着玉珍,突然狡黠地一笑。"玉珍,既然你这么看重他,干吗不和他谈个朋友?""周大姐,你别拿我开心好不好。"玉珍脸红了。"谁拿你开心了,"周大姐索性放下手头的活计,"你想想,你们俩在一间屋里坐了三四年,你还是单身,他也还单身,说不定他一门心思在等你呢。"她凑到玉珍耳边,轻声问:"下次他来开药,我探探他的口气。"

玉珍没做声,算是默认了,三个月后,她和丁二在民政局登了记。谈恋爱的时间确实不长,但加上每天八小时面对面坐着也就不算短了。他们在市区边缘租了间私房,向工会借了笔互助金,买上几件必需的家具和一架 9 寸电视机,结婚那天他们没请客人,只留媒人周大姐吃了顿便饭,报答她送的一对热水瓶。从那以后,他们就算有了自己的家。

然而玉珍始终深感不解的是,丁二坚持不要孩子。

自从两次议论都被丁二窃听之后,玉珍再不敢在病房里随便闲聊了。她猜测丁二时时装作熟睡的模样,是为了从自己和医生口中了解真实病情。因此她故意站在床边与婆婆悄声细语:"王医生说,他的病情大有好转。"话说完后,她又心虚了,怕自己会遭来天妒。

丁二也觉得自己把话说得太满了。他和玉珍每人每月从工资里扣四十元钱,已经把欠债还清,厂领导答应过些天就分给他俩一间房子。丁二对玉珍说:"看来我们的紧日子快到头啰?"话一出口他立刻深感后悔,不知从何时起他传染到一种迷信,认为人太得意就会遭天妒,从而惹出新的麻烦。

"王医生真的那么说?"丁二的母亲面有喜色。

"是真的。王医生还说过几天要给他试一种新方案,什么心理疗法。"玉珍支支吾吾,她注视着紧闭两眼的丁二,却看不出他有任何反应。

"我在想,也许我们可以有个孩子。"丁二沉思一阵,郑重其事地说。

"早该有了,"玉珍怨道,"我真不明白你干吗不让我一结婚就生孩子?要那样的话,他现在快两足岁啦。"

"只要他能好,我就入教拜佛,"母亲抬起头,仿佛从那白粉脱落的天花板上看到了人世间的主宰。"我许过愿了,哪怕要我替儿子去死也行。"

"妈,你千万别那么说。"玉珍背过了脸。

"你知道如今养一个孩子每月得花多少钱?"丁二走到玉珍身边,点点她前额问,"亏你还干过出纳呢。我们俩的工资本来就不多,还得还债,付房租,要是再添个小孩,恐怕连咸菜萝卜干都吃不起。那时你我准觉得没这小崽子要自在得多,我们会成天犯愁,一碰就吵架,吵完了便拿不懂事的小孩子出气。难道你希望这样。"

"我真希望时间能够倒转,让我们一家从头开始生活。"母亲叹息着。

"好在这种生活已经到头了。"玉珍吐了口长气。

"不能说,"丁二做了个噤声的手势,"你心里想想倒不要紧,可千万不敢说出口。"

他不记得已经有多少时间没像这么开怀畅饮过了,玉珍做了几个拿手菜,两人对酌,竟也倒空了一瓶黄酒。他酒足饭饱上了床,临睡前还盘算着要去报名参加电视大学的写作班,因此当腹痛发作时,他以为那只是消化不良。他半夜惊醒,觉得腹部正中剑突那里难受得要命,刺痛一浪高过一浪,从前面放射到肩背,他翻身俯卧,用枕头抵住剑突,全没有用。玉珍听到辗转反侧的响声,拉亮床头灯问他怎么啦。"没事,大概是晚上吃油腻了些。"丁二呻吟说着。"你啊真是穷命。"玉珍关了灯。

丁二认真起来想到要去医院检查时,已经这么痛痛停停一个多星期。医务室周大姐认识广济医院的王医生,先打电话联系好了,丁二来到医院,王医生正看着报纸等他。"你什么地方不舒服?"王医生问。丁二告诉医生,他胃痛、气胀、头晕、食欲不振,老是烦躁,提不起精神,有时真觉得做人没多大意思,不如安乐死。

"听起来你这病没药能治,"王医生隔着写字桌把手里的报纸扔给丁二,"还是看看这个吧。"他指的是报上文摘版的一篇译文,题目叫《如何使自己保持心情愉快》,文中列举了十条诀窍,已被他用红色圆珠笔画了出来。

那十条诀窍是:第一多吃绿色和深黄色的水果蔬菜;第二保证充分睡眠;第三常听笑话常看喜剧影片;第四每年去风景区旅游两次;第五工作切勿过于劳累;第六每天进行适量的运动;第七学会

陶醉在音乐里;第八尽量和家人和孩子们待在一起;第九只回忆美好的往事;第十常探望病人。对最后那条文中还作了注解,说:"如果你遇到不顺心的事,你应当去探望病人(病情越重效果越佳),等步出医院时,保证你会重新精神焕发。你会觉得,尽管自己一生坎坷屡遭挫折,但毕竟比那位重病缠身朝不保夕的友人要强得多,这样,你的心情就能保持愉快。"

丁二真正体会到诀窍的深刻内涵,是在陈小蒙的公判会上。那件案子成了全市的热门话题。丁二好不容易搞到两张门票,在厂里调休半天,拖着玉珍早早赶到体育馆,"什么要紧的,连中饭都不吃了。"玉珍买来面包啃着。

"饭可以不吃,但公判会是一定要来的。"丁二对她说,"这小子和我共处了二十五年,在某种意义上就像我的亲兄弟。他要走了我不能不来送送他。"

经过近一星期的沉吟推敲,丁二终于完成了自己的挽联。"现在可以走了。"他对玉珍说。"去哪儿?"丁二指指墙,指指天花板,指指窗外,手指在空中画出弯曲的轨迹。"任何地方。"他说。

那句久觅而不得的上联,也是丁二在公判会上找到的。他和玉珍走进体育馆时,工人还刚刚动手在主席台前拉横幅标语,但台下已三三两两坐了不少人。丁二庆幸自己放弃了午饭,要不他绝不能在第一排正中占下两个座位。公判会两点才开始,在等待期间,玉珍靠着他的肩膀打起瞌睡,而丁二却始终情绪高昂。他试着背诵陈小蒙的作文。他自己都很难相信,事隔那么久,他竟然还能把那篇文章背出大半。

检察官的声音如黄钟大吕在体育馆中响起。"好好听着。"丁二兴奋地对玉珍说,"你马上就可能知道人的命运是由什么决定的。"检察官宣读罪犯的简历和案情,他说陈小蒙出生于革命家庭,其父曾任党的高级干部。丁二轻轻对自己说,你也生于革命家庭,父亲当过解放军连长。检察官说陈小蒙哪年进了大学,丁二说那年你在糊纸盒子。检察官说犯罪地点在陈小蒙独居的二层楼房子里,丁二说你也有间独居的灶间。公判会的高潮,是武警们押着死囚绕过篮球场走出边门,丁二不由自主站起身,指着走在头里的陈小蒙大声说:"你瞧他身体多壮实,和我想象中一模一样。"

公判会结束了,他们挤出体育馆,倾泻下来的阳光照得丁二眯起了眼。他感觉阳光似乎从未如此温暖,树叶从未如此嫩绿,微风从未如此轻柔。"多好的春,"他对玉珍说,"要是月底能积余点钱,我们俩出去旅游一次。""干吗那么高兴,"玉珍疑惑地问,"你不是把他当作亲兄弟吗?""很简单,"丁二说,"因为我还活着。"

两个六七十岁的老人走向停在路边的小车。经过丁二身边时其中一个说:"这些败类,辜负了党半辈子教育。"另一个摇着头,"临了还把他们老子的脸丢尽。""快,"丁二咕噜翻过身,"快把纸笔给我拿来。""拿什么?"玉珍还没听清楚。"一张纸和一支笔,"丁二大声叫道,"懂中国话吗?"

玉珍一时里没处找纸,她掏空衣袋口袋,发现一张作废的药方,赶紧递给了丁二。丁二也顾不上拿硬物垫底,生怕脑中的句子会跑,就在枕头上写起来了,那薄薄的药方被笔尖戳破了几处,蓝墨水一直渗进枕心的木棉时,印有医院名称的棕套上隐约留下他写的字迹:"半生劳累无愧父母妻室,一事未成有负师长同窗。"

丁二捧着药方反复吟诵,感觉到微风透过紧闭的窗户指在自己脸上,带来阳光上嫩叶的清香。"现在可以走了。"他如释重负说。

"去哪儿?"玉珍问。

他们最终决定去最近也最少花钱的风景,苏州。那次旅游并没像诀窍第四说的那样给丁二带来多少裨益,买票、解决食宿、赶去风景点的班车,这些事简直让他们疲于奔命,丁二的胃痛病又发作了。当地出名的虾爆面放在面前,他一筷子都没挑。他伏在桌上,把腹部紧紧抵住桌前。他脸侧向着门。因此那个江湖异人刚跨进小吃店,丁二一眼就看见了。

那人戴着顶破草帽,斜背大红塑料的毛主席语录袋,衣服上的补钉比二十六岁时穿的那条裤多出五倍。他绕过丁二那张桌子,远远地坐在靠窗的角落里,在服务员的白眼底下,从语录袋中掏出几张零钱,要了碗面。"那位大哥身子有病吧?"他关心地问玉珍。"是啊,他时常会疼。"玉珍说。那人皱了下眉头,"是胃? 不是肝?"丁二慢慢直起腰,最难受的那阵已经过去,他好奇地问:"你怎么知道我有病?""刚才我一进门,就感觉有股邪毒从你身上逼来。""看来你懂点医道,"玉珍随口说,"能不能替他治治?"那人笑了笑,"我哪有那本事。凭我这点道行,不要说替他治,就是坐得靠近他些,都有些受不太住。不过你们可以试着练练常青功。""什么常青功?""很简单的。每天清晨起来,找一棵四季常青的大树,抱紧了,尽量把身体贴在树上,然后就放松别想任何事,自然地深呼吸。只是有件事你们得千万注意,那棵树当天不能被人抱过,要不别人身上的邪毒就会转到你身上。"

丁二住的小旅社背靠灵岩山。第二天天蒙蒙亮,他便起了床,在山坡上选了棵大松树,依那怪人的指示练起常青功。十分钟以后,他进入了一种未曾体验过的精神境界,他觉得自己的脚趾在向下钻透,深深扎进泥土,手臂向上伸展,高高插入天空,他仿佛变成松树的一个部分,和树的表皮按同一节奏吐故纳新,树干上的朝露渗入他的衣服和皮肤,给他带来无限的清凉平和,在那瞬间,他感觉自己成了一个崭新的人。

只是这功夫回上海练起来就有点麻烦。人行道两旁种的都是槐树和梧桐,公园里虽有几棵常青树,可谁也保不住是否让人赶先抱过了。丁二看中街心花坛上的那棵大柏树,那四周竖有栏杆,并插着不准入内的木牌。天还没亮,他悄悄翻过半人高的铁栏,来到大柏树下。正当他快达到物我两忘之际,一声怒喝在脑后响起,紧接着有人猛反剪过他搂紧树身的双臂。

两名工人纠察队员把丁二揪进了派出所。满面睡意的值班民警怀疑地打量着他,"就这么个瘦猴?""没错,"工纠队员得意地说,"我们早盯上他了,看他鬼鬼祟祟从百货商场那边过来,跳过栏杆,躲到树荫里。妈的,这条街上前几次袭击单身妇女的案子,肯定全是这小子干的。""不是我干的,"丁二拉开嗓门嚎叫,"我是规矩人哪,到花坛里只是想练气功——""嚷什么嚷,"民警对他晃晃拳头,"这里可没你撒野的地方。听说过陈小蒙吗,那是正牌高干子弟,后台硬着呢,怎么着,再硬还不是让我们给毙了。听我一句忠告,你赶紧坦白交代吧。"

哇的一声,丁二把满口鲜血喷在了民警同志的制服上。

临行前的早上丁二又吐了血。医院发出了第二病危通知。护士长叫泥水匠再来粉刷十五号病房的墙壁。大家传阅了丁二自作的挽联。"太悲切了,"李老师说,"怎么能写一事未成呢,不管是大是小,每个人多少总为国家做过点贡献嘛。"王医生说:"生命其实只是种求生的欲望,他不考虑如何配合治疗,只想着写这种东西,不是求生而是求死,这样的病人,神仙也没法救。"

那时丁二已经自觉乎在人间无牵挂了。他把挽联一字一句整整齐齐抄好,让玉珍带给李老师修改。他有些自鸣得意,认为一事对半生、有负对无愧、父母妻室对师长同窗,都是极工整的,只是未成对劳累不太妥帖。他想要是再多几天时间,也许能改妥当,不过他又想请李老师教正也是一样。他告诉玉珍这是自己最后的杰作,可以说是天鹅之歌。当然他不会知道,李老师将替他重拟一副挽联,而王医生又准备把他写入论文,作为心理法的负效应病例。

其实王医生也是未明底细,丁二这回吐血应该说是一次认真思辨的结果。他正在准备一番使他父母永远摆不脱内疚的演说辞,一个突然冒出的疑问却从根本上动摇了他的立论。丁二的立论是这样:他原来前程似锦,无疑可以成为作家。只因为有这样的父母,他的前程和身体都被葬送。然而他突然想到,如果他没这样的父亲,那剧作家就无以写出《霓虹灯下的哨兵》,没电影自然没观后感,写不出观后感他就没文章可登上作文选,李老师也不能说他会成为作家。同样,如果没有这样的母亲,父亲就不会犯错误,自然不会被开除党籍和军籍,那也就不存在电影,不存在观后感和作家。这想法一下使丁二陷入了思维的绝境,他意识到自己之所以诞生在这个家里,是完成当作家的前提,所谓"天将降大任于斯人也",但是正因为他生在这个家里,他的前程和身体又注定要被葬送。那么命运把他投放到人世间,究竟是想让他成为还是不让他成为一个作家呢?丁二绞尽脑汁也得不出一个结论。

那天是丁二住进广济医院整三个星期,这和王医生的预言相去不远。玉珍办理住院手续时,王医生给她看过丁二的CT底片。"看到那个阴影吗?面积大约有$5×7$个cm。这位置很不好,靠门静脉太近。静脉压力增高,管壁就会破裂,血液即由上下两个渠道排出,于是压力又减低,管壁凝结。这样裂裂合合三两个月,直到血管无法愈合为止。"

"那阴影是什么?"玉珍还没弄明白。

"你以为是什么?"王医生责备似的反问,"当然是肝癌。"

一清早,2床新来了一个病人,他躺上床以后,就把被子蒙住头,不住地唉声叹气。丁二看到他游离不定的眼光中满是恐惧,不禁生出一种高人一等的感觉。他认为自己有权傲视众生,因为他已经走到了这一步,终于可以把生死置之度外了。

他问那个新来的:"你家的大门朝哪儿开?"

"你说什么?"新病人向两旁望望,弄不清丁二是否在和自己说话。

"我问你家里的大门是朝哪个方向开的?"丁二刚住进十五病房时,2床的小伙子就这么问他。玉珍把丁二扶上床,立刻背转身去整理从家里带来的生活用品,生怕丁二看出她红肿的眼皮。然而丁二并没留意,他全神贯注于隔床那小伙子吃饭。那家伙一连吃掉三块手掌大的排骨,劲头简直是气吞山河。丁二悄悄问玉珍:"这小青年也算病人吗?"

大概听到了丁二的话,2床笑了笑说:"我是属虎的,每顿都不能断肉。"接着他突然提出那个古怪的问题。"我家的大门?"丁二有些莫名其妙,"大概朝东吧,怎么啦?""那就对了,"小伙子一本正经点点头,"家门应该朝南,也可以朝西朝北开,但绝不能朝东。

哪家门朝东哪家准倒霉。""为什么?""不知道,这是老年人传下来的经验。反正你和我就倒霉了。""我家门是朝南开的。"2床新病人想了想说。丁二听了点点头,"那就对了。"

新2床的回答使丁二澄清了心里的疑虑。他早在想,大毛家的门也朝东开,人家照样留洋照样成了博士,可见各人倒霉自有各人的原因。丁二望望窗外,盼着玉珍早些从李老师那里回来。父亲和母亲端坐在床边,正言不由衷地对他的挽联发表外行评论。丁二注意父亲的脸越拉越长,母亲不时用手绢揩眼角,心想那个伟大的时刻也许即将到来,他开始积聚力量,准备发出自己四十年来的最强音。就在这时,那个要命的疑问冒了出来,他突然觉得天昏地暗,耳鸣目眩,倒海翻江。

"他把什么脏东西吐在我身上了?"民警同志脱下上衣使劲地甩,"天呐,这制服今天还是第一次穿上身。"一个工纠队员飞快跑出去,提来一铅桶清水,"快放在水里刷刷。""太稀了,"泥水匠摇摇头,把排笔浸到桶里,"得把墙粉调厚些,兴许还能盖住。""哟,流了那么多血,"陈小蒙俯首往地上看看,大惊小怪道,"我挨了枪子都没流那么多!"窗外雪地里闪动着无数只暗绿色的小眼睛,2床那新来的蒙着脑袋呜呜哀哭,和饿狼嗥叫声里外呼应。"这回真没救了,绝对拖不过今晚。"王医生叹了口长气。"那可不一定,"大毛不以为然,转过身悄悄说,"要是在我们加利福尼亚——""可以试试常青功,"江湖异人拦腰打断了大毛的话,"不过关键是不能抱别人抱过的树,那棵大柏树有人抱过吗?"丁二摸摸上衣口袋,又摸摸裤子口袋,怎么也找不到要找的东西。"这么晚了,你还敢独自出去么?"身高马大的护士斥道,"外面的天可冷了!"丁二爱理不理说:"我忘了件事,一会儿就回来。"他跑进黑夜里,看到空中有两个圆圆的月亮,寒风围着他身子呼拉拉地绕,风里有声音说:"他醒过来了。"

丁二使劲睁开眼睛,发现两个圆月似的顶灯吸在天花板上,父亲母亲玉珍和妹妹都俯身看着自己。他困惑地皱了皱眉,想不起出了什么事。

"小二,爸爸妈妈对不起你啊,"母亲哭喊着,"你原谅我们,原谅我们吧。"

丁二等了四十年才等来这个时刻,他一生都在为此做准备,然而到了这时刻,他已无话可说。他想告诉母亲回来的目的,却只听到喉咙深处挤出一阵咯咯的声音。

"你要骂我们,你就骂吧。"父亲睁着通红的眼睛。

丁二摇摇头,努力想到底忘了件什么东西。

"放心吧哥哥,"他妹妹说,"以后我们全家都会好好照顾嫂子的。"

丁二翻起了眼白,心里说不是这个。

"你去吧,"玉珍凑到他耳边,轻轻抚着他的头发,"李老师说,你的挽联写得好极了,那两个字他会替你改妥当的。"

一串冰凉的水珠滴到他脸上。丁二觉得身轻如燕,他吐了口浊气,一躬身跃出了十五病房,信步走进自己的追悼会场。他看到有副挽联挂在大厅的正中央,落款赫然写着"丁二自挽",每位来宾都在那里驻足不前,轻声地一唱三叹。李老师摘下老花镜,对王医生说:"写得真好,可惜了,他应该成为作家的。"王医生感叹道:"是啊,这样才华横溢的病人,我平生只遇见一个。"丁二往前走了几步,看到他的父母手挽手站在堆成山的花篮边,母亲痛哭失声,那悲痛的模样远胜于在外公的床头,父亲却铁板着脸,好像他的尖刀排在冲上外白渡桥时全被对岸的机枪撂倒了。丁二再向前走,看到一张铺着雪白被单的床,他发现那床的尺寸正合他的身材,便好奇地躺了下来。一只玻璃罩子缓缓从天而降,把他罩在了里面。丁二觉得好生疲倦,于是便闭上了眼睛。

叔叔阿姨大舅和我

夏家发生的那幕惨剧,当年在我们市实属头条新闻,造成的震动恐怕不会亚于地震。一夜之间,那家的户主卧床身亡,而他的妻子又于五天后在医院神秘死去。这类耸人听闻的事在我们民风纯朴的江南小城里本来就少有,再加上惨剧的当事人身份特殊,绝非引车卖浆的普通市民,因而更引起人们的关注。一时里,在街头巷尾、茶馆酒店,大伙嘴上说的心中想的,全和此事有关。

事情发生那年,我们城里连降了一星期暴雨,出现所谓百年不遇的涝灾。市政府为研究制定防涝抗灾措施,发出紧急会议通知,会议定在某日上午八时举行。那个惊人的消息就是从市府清洁工嘴里首先漏了风的。据他说,那天一早,各有关部局的头头脑脑都来齐了,正襟危坐地等在大楼会议室里,明摆着形势严峻,谁也不敢在这当口表现得疲疲沓沓,然而那会议的主持者却迟迟未到。大约个把小时之后,突然有人宣布,会议延期到下午再开,改由市委书记主持。理由是,原来主持开会的夏副市长已经去世了。

夏副市长死后,市里没开追悼会,没举办吊唁活动,甚至也没在报上登出讣告,总之一切异乎寻常,完全不符合应有的规格。据称这是因为灾情当前,别的事只能从简。但这解释并没打消市民的猜疑,反倒给夏副市长夫妇之死增添了一层迷离的色彩。有小道消息说,在市政府内部相当的级别,曾经做过一次通报。不过那通报本身也含混不清,只是说详情还在调查之中。

关于惨剧的内情,我们市里仅有极少人数知道。这些人都是夏副市长和他妻子的生前友好,大多曾和死者一块在战争年代中出生入死、同舟共济,只有他们才真正为这件事所震撼、迷茫,并痛心疾首。但他们只有一个圈子里交流各自的想法,对外界,他们讳莫如深。

毫无疑问,我也属于这个很小的圈子,因为我大舅和妈妈是夏叔叔和叶阿姨最亲近的朋友,实际上大舅可以算是他们俩的介绍人,夏叔叔和叶阿姨又是从小看着我长大的,他们中至少有一个把我视作自己的孩子。

而且,一点不夸张地说,我还是唯一的一个在叶阿姨最后时刻探望过她,并试图与她对话的人。

叶阿姨死前在急救室躺了五天四夜,我可是在靠后的那两天里去医院看她,具体的日期我已经回想不起来了。那一年,我刚满十岁。

我记得那家医院有一条长长而幽暗的走道,妈妈和大舅领我顺走道来到叶阿姨住的单人房,病房外站着几个医生护士,还有个穿制服的人坐在板凳上。那个人可能认识大舅,也可能接到允许探望的通知,当我们走近时,他推开房门,悄悄让到一边。

我抢先进了病房,大舅紧跟在我后面,可是妈妈突然拉住了他。

"我们别进去了吧。"妈妈说。

大舅回头看着妈妈。

"我想我们还是不进去的好,"妈妈说,"我们该对她说什么?能说什么呢?祝你好好休养,早日康复?"

大舅站住了。穿制服的人关上了房门。大舅从门上的小窗往里张望。那窗很小,大舅把脸颊贴在窗框上,也只能看到床的一角。叶阿姨的胳膊搁在床沿上,有一条黑色的橡皮带把她的手腕和金属床架固定在一起。大舅看到的是叶阿姨绑着橡皮带的手腕。

只有我看到了叶阿姨的脸。她瘦了,苍白了,她仰面躺着,一动不动地望着天花板。她的手上插着针,鼻子里也插着管子,在那些管子里流动着不同颜色的液体。

"叶阿姨,你醒着吗?"我轻轻说,"你怎么啦?"我说了几遍,她才听见我的声音。她扭过头,向着我。

"叶阿姨,你干吗要打这么多针,你不痛?"

叶阿姨没回答。她表情里有些东西让我感到陌生。以前我觉得她的眼神和小兔子有点相似,总是那么温柔,那么湿润,仿佛老处在担惊受怕之中。可这时她再没有惊吓的神情了。她两眼凹陷了下去,显得更大,更黑,像是干枯的井,望不到底,又空无一物。

我告诉她,大舅和妈妈都来了,就在门外,要是她想跟他们说话,我去把他们叫来。叶阿姨没说想还是不想,她什么都不说,也不点一下头,她只是看着我,用力地看,好像要把我整个攫入她的眼睛深处。

我走出病房去叫大舅,妈妈说他走了,让我也跟着回家。我们出医院大门,看到大舅还站在台阶下。他双脚没在水里,前几天的暴雨使医院院子成为一片汪洋,几架水泵正突突地响着,不停把积水向大街上抽。

"她说什么了?"看到我出来,大舅问。

"谁?叶阿姨?"

"她对你说了些什么?"

"她没说。她一句话也没说。"

大舅看着院里的积水,长叹了一声。"看来今年的夏粮算是完了。"他说。

那年的夏粮确实是完了。不过我记得,那年入秋以后,螃蟹倒得了个大丰收。

后来我渐渐把夏家的惨剧淡忘了。后来我们城市也把这事给忘了。有一段时间,叶阿姨经常出现在我的梦里,她总那么用力地看着我,就像我最后一次见到她时那样。随着岁月飘逝,她离开了我的梦境。至于夏叔叔,我甚至都回想不起他的面容。

"文化大革命"初期,妈妈清理了我们家的照相册,把凡带着夏叔叔和叶阿姨的都做了技术处理。那类相片一定非常多,致使家里抽水马桶的管道都被塞住了,很有些天没法使用。有张我周岁生日的八寸照,是叶阿姨抱着我拍的,画面上她对着镜头微笑,而我却心有旁骛,把胖乎乎的小手伸向桌上的蛋糕。如今那张照片还在,不过只剩下蛋糕和我前倾的半截身体。

夏叔叔的相片,妈妈倒还保留下一张,不过外人绝对认不出他来。那是三个十几岁的男孩合影,拉着手搂着肩,亲密无间。他们穿着学生装,就是领子竖着不能往下翻的那种,有点像铁路工人的制服,碰巧照片的背景上也有一列火车喷着黑烟驰过。

不久前,大舅把那张合影找出来。翻拍放大了,挂在客厅西墙上,以前挂日本武士刀的地方。那位置很显眼,每位来我家做客的都注意到它,不过奇怪的是,他们中有不少人以为那是我的照片。

"是你在学工的时候拍的?"有个客人问我。

"我?"

"是啊,站中间的那个不是你吗?"

他指认为我的那人,正是死去多年的夏叔叔。

照片上的另一个人是杜叔叔。他和夏叔叔是我大舅的两名最亲密的朋友。他们从小在一块长大,在同一所学校读书,抗日战争爆发后,又一声投笔从戎,参加了新四军。在中学时代,他们形影不离,因而得了个雅号,叫"三剑客"。妈妈告诉我,他们三人性格很不相像,大舅爱看书,很斯文,属于书呆子类型,数理化成绩在学校总是一二名上下;夏叔叔一表人才、能说会道,又能弹会唱,深得一班女孩子的喜欢;杜叔叔是篮球运动员,身高体壮,坚毅刚强。他们三个一块行动时,总由杜叔叔打头,夏叔叔出面办外交,而大舅则多半是站后边帮腔助阵。"他那个剑客是凑数的。"妈妈说。

说到"三剑客"这雅号,还有一段小故事,妈妈也曾对我简略提过。好像当时大舅上的中学是住读制,学生宿舍在一条小河边,河畔长有半人深的蒿草。学校里有几个纨绔子弟,经常躲在草丛中,作弄晚归的低年级女生。杜叔叔他们决定要教训教训这班公子哥儿。一天晚上,他们预先埋伏在河边,他们是三个,对方有五个人,可一点也没占上风,夏叔叔的鼻子淌了血,那边也有人记了次大过。

在我第一次和人打架的时候,我问过大舅,当年他们是不是真的以三对五击败了对手。

"是真的,"大舅说,"不过我没动手,是他们两人打的。"

"那你在干什么?"

"我的眼镜掉了,我蹲在草丛里找我的眼镜。"

从我记事起,大舅的脸上没少掉过一副眼镜,这当然不算什么,可听妈妈说,从她记事那时,大舅就已经戴上眼镜了。妈妈比大舅小三岁,也就是说,他戴眼镜的历史,至少可以从六七岁算起,到现在已有六十余年了。

要是没那副眼镜,大舅本来也勉强能算上个美男子,他前额很高,鼻梁笔挺,脸架子瘦瘦的,十分清秀。但他的眼镜度数极深,两片玻璃有如啤酒瓶底,一圈一圈的,好像能像剥洋葱那样层层揭开。厚厚的镜片使他的眼睛缩小成了一条缝。无论白天黑夜永处于半张半闭的状态,加上身材又较矮小,大舅就显得有些獐头鼠目了。于是他又得了个不太雅的外号,"田鼠"。夏叔叔、杜叔叔,有时甚至连妈妈,都这么叫他。在我们这小圈子里,从不称呼大舅外号的,除了我,大概就只有叶阿姨一个人。

打掉对手门牙的是杜叔叔,为此他一直是我少年时代崇拜的偶像。解放后,他在其他的城市工作,夏家出事那天是我平生第一次见到他。他面色黝黑,不苟言笑,和我心目中的硬汉子形象很是相符。他的确是条硬汉子,皖南事变时,他受伤被俘,关进上饶集中营,为了逼他说出真实姓名和职务,集中营的看守队长把他关进过铁笼子。那个笼子高一米八,底座二尺见方,前后左右上下六面都装上了削尖的铁刺,在笼里人只能挺挺地站着,不能坐,也不能靠,如果身子稍有倾斜,就会让铁刺扎着。杜叔叔在铁笼子里站了两天两夜,浑身被刺得鲜血淋淋,可硬是没开口。

在集中营里杜叔叔用的是假名,把杜改成了屠。看守队长在审讯时问他:"你姓什么?"

杜叔叔说:"屠。"

南方人读音屠杜不分,队长又问:"怎么写?"

杜叔叔说:"屠格涅夫的屠。"

"什么?"

"屠岸贾的屠。"

"什么?"

"尸者屠。"

"啊?"

"屠刀的屠,"杜叔叔不耐烦地说,"日本鬼子和反动派屠杀中国人民的屠。"

"绕什么弯子,早这么说不得了!"队长骂道。

坐在队长身旁做记录的女文书忍不住笑了出来。

投奔新四军之后,杜叔叔和夏叔叔被派往皖南军部,大舅因为近视得太厉害,不便在山区行走,就留在了苏北后勤部门的军械厂工作。在立志当兵时,他们三个曾发誓不能同日生但愿同日死,谁也没想到这么快誓言即成空言。分手使他们十分难受,最难受的是大舅,他想杜和夏至少还能做伴,但自己往后去却是形影相吊了,为此他情绪消沉了好些日子。当时他还不到二十岁,难免有些孩子气。事后看来,大舅留在苏北实在算是幸运,杜叔叔和我谈过他在皖南事变中的经历,他说像大舅那样的视力,在当时的环境里绝对凶多吉少,不要说突围打仗,就是摔跤也把他摔死了。

至于夏叔叔没遇上事变,则是有别的机遇。到皖南新四军军部以后,他被分配在政治部宣教科担任干事。宣教科那批小干事大多是江南城市里来的高中生,其中有不少女士,像在学校里一样,夏叔叔又成了引人注目的中心人物。这里有两种说法,一说女同志喜欢和他待在一起,一说他整天跟着女人屁股后面转。政治部紧挨着军部,有些议论不免会传到首长耳朵里。据杜叔叔说。新四军政委项英是个廉洁的共产主义者,廉洁得接近于清教徒,他从来不享受军首长的待遇,不吃小灶,穿灰布士兵服,脚蹬草鞋,他对自己极严格,对别人也很苛求,特别是对那些来自大中城市的小布尔乔亚。

当听到政治部里传来的一些反映之后,项英指示说,让那个姓夏的小知识分子下基层部队去锻炼锻炼,他应该好好向工农群众学习。于是,夏叔叔便在皖南事变前的一个月调回了苏北。

关于皖南事变,如今的青年人可能知之不详。这个现代史上的重大事件跟后来夏家的惨剧密切相关。它发生在1941年,共产党领导的新四军一部转道赴抗日前线,却在皖南山区遭到国民党第三战区几十万军队的伏击,几乎全军覆没。当时正值国共合作共御外敌时期,因此各界舆论大哗,远在重庆的周恩来先生愤而书下四句名言:"千古奇冤,江南一叶,同室操戈,相煎何急。"

前两年,有位作家以此为题材写了一部长篇小说,题目就叫《皖南事变》。小说面世后,引起激烈争论。批评者们说,作者把原新四军领导人项英写成一个刚愎自用的莽汉,违背了中央指示,为个人目的,让新四军走上南进的绝路,这是毫无根据的。批评者们还说,这部小说客观上起了为国民党反动派开脱罪责的作用。我大舅和杜叔叔,就持有上述观点。

不管怎么说,事变在五十年前便发生了。陷入重围的新四军九千余名官兵,仅两千人突围,其余三千人战死,三千数百人被俘,杜叔叔就是被俘的人里的一个。而叶阿姨,至少按她自己的说法,也在这三千几百人中。

眼镜对于大舅,究竟是祸是福,实在很难说清。他因为眼镜逃脱了在皖南事变中牺牲或者蹲集中营的命运,可也因为眼镜被汪伪汉奸抓住过。那次被捕历时四小时二十二分钟,却给大舅一生留下了个洗不掉的污点。

那是在1943年。当时我妈妈也到了苏北,在随军医院工作。军械厂和医院在两个村子,相隔不过七八里地,大舅经常抽空去看妈妈。有一天他们聊得晚了些,不知不觉天已经快黑了,大舅急急忙忙往回赶,等走了一小半路,他才发觉把眼镜丢在妈妈的宿舍里了。

如果他那会儿及时回头,后来的事就不会发生,但大舅觉得这条路是走熟的,出不了岔。他继续向前,一鼓气足走十多里,最后不得不承认,他对自己认路的能力是估计过高了。

大舅摸到一条田埂坐下,天黑透了,他压根不知自己身在何处。风吹过来,满鼻子稻香,身旁有青蛙呱呱地叫,田埂边稗草叶子在他腮边扫来扫去。大舅抬起头,模模糊糊望见天上的繁星。他想要是碰不到人自己就只能在这田埂上坐到天亮了,他又想,真这样坐到天亮其实也不错。就在这时,他听见了拉枪栓的声音。有人问:"谁,口令?"

大舅高声说:"自己人,快来帮个忙。"他喜出望外,完全没想到可能闯进别人的地盘。

发问的人走了过来,突然一个动作下了大舅的枪。

"干什么!"大舅愤愤道,"我是军械厂的杨科长。"

"该老子发财了,"那家伙说,"想不到还逮着个当官的。"

汉奸把大舅押到一个村里,路上还拿他寻开心。他们说等天亮后他们就要送他去镇上的炮楼,那里驻扎着日本人,有个皇军联队长号称中国通,喜欢读唐诗宋词,能写一手颜体字,杀人也有几手绝招,一是把人齐脖子埋进土里,然后砸破脑袋让血喷上半空,二是用武士刀从人的肩膀斜劈到腰间,这两招都说得出名堂,前者叫"落花人独立",后者叫"微雨燕双飞"。他们还告诉大舅,在他独立或者双飞的时候,他们可已经领到赏钱坐进酒馆了,一般每个俘虏赏大洋十块,由于他是个什么长,说不定皇军会慷慨解囊给个二十。

他们来到一间土屋前,汉奸说:"到了,杨科长,委屈你先在这儿蹲上一夜,反正明儿个咱们就上炮楼了。"汉奸把大舅推进屋,然后锁上了门。那屋里有两个碗口大的窗洞,对大舅来说,那点光亮等于没有,他只能使劲运用自己的嗅觉。他闻到一股尿粪的骚味,心想这地方可能是间牛棚。他伸出双臂,在空间里盲目地挥动,终于给他碰上了一堵墙,他摸着墙向前走了几步,不料一脚踩上了个软棉棉的东西。

"哎哟,你怎么往人身上走呀!"那个被大舅踩着的人说。

"这里有人哪!"大舅吓了一跳,他以为屋里只有自己。

"你他妈的瞎了眼了是不是?"那人骂道。

"对不起对不起,"大舅说,"我确实看不清楚。"

那人还在骂骂咧咧,边上另一个打断了他的兴头。"行了,住嘴吧,他是咱们军械厂的杨科长。"

后说话的那位把大舅拉到自己身边坐下,三小时后又拉着大舅一路跌跌撞撞逃回了新四军的驻地。大舅深为自己在难中能遇上这么一位朋友而庆幸,不过由于没戴眼镜,他始终没弄清这人是谁,又是在哪儿认识自己的。

这位难友悄悄告诉大舅,土牢里大多数人都被关押两三天了,他们已经开始行动,准备在当天夜里越狱逃跑。

大舅听了这消息无比激动。"太好了,"他问,"我能出什么力吗?"

"你能的,你可以来撒泡尿。"这人回答说。

回到部队驻地,大舅把他被捕和越狱的经过详细向保卫部门汇报了。大舅说,当难友让去撒尿时,他简直呆了,他想不通怎么在这种时候开玩笑。在两三天里,同牢的难友已经把一滴水都用在了后墙最薄的地方,他们把墙土浇湿,然后用十指把湿土刨下。现在正是需要他这个新来的膀胱饱满的人去做最后的冲击。

接下来的事便顺理成章了。难友们把墙洞进而扩大挖深,只留下尽外面薄薄一层,那层土临门一脚就能踹破,用手指轻弹会发出熟透了的西瓜的低沉的响声。等到夜深人静,看守靠在前门边打瞌睡时,他们捅破了与外界的隔绝,一个接一个鱼贯而出,借着黑暗逃回了家。

"汉奸忘了搜走我的怀表,"大舅告诉师保卫处的同志,"所以我知道准确时间。我总共被捕了四小时零二十二分钟。"

保卫处的同志对时间不感兴趣,他关心的是另一个问题。他问大舅:"这么看来,是你暴露了你的身份?"

"是的,"大舅说,"那时我还以为那些家伙是咱们这边的哨兵呢。"

"好吧,你可以走了。"保卫处的同志对大舅说,接着在他的档案里写下如下结论:"被俘时曾有自首行为。"不过这结论大舅要等上二十来年后才会知道,他轻松愉快地回到军械厂,休息过一会,便去我妈妈的医院取他的宝贝眼镜。

他在妈妈宿舍的门口大声叫喊:"小妹,你知道吗,昨天夜里我撒了一泡我一生最有意义的尿。"

"你胡说些什么。这么难听!"妈妈在屋里恼怒地说。

大舅走进屋里,戴上眼镜,这才发现自己失礼了。妈妈有客人,还是一位十分漂亮的年轻女客。

"我介绍一下,"妈妈说,"这是我哥哥,这位是小叶,叶婉君。"

大舅的脸顿时涨得通红。

1966年,在越狱二十三年之后,大舅方才知道师保卫处那位仁兄给他定了一个什么样的结论。

那时"文化大革命"已经进入高潮,商业局属下的革命群众冲进市委组织部,看了领导干部的档案。他们在商业局大门外贴出大幅标语,说大舅是自首变节分子,并宣布要把个隐藏二十余年的叛徒揪上历史审判台。

写大字标语的人不懂得自首、变节以及叛徒是三个不同的概念。这也难怪,他们是些菜场职工,文化水平不高,而这些政策性很强的专业知识,长期以来又只有极少数获得授权的专家才能掌握。

"文化大革命"中,许多不传之秘流失到了民间,后来我也有幸看到了一本阐述那种专业知识的手册,对动摇、自首、变节、叛变、投敌、出卖同志、出卖组织等等等等,都做了严格的极为科学的区分和解释。对于自首,条目上是这样说的:主动向敌人交代自己的真实姓名和身份。另有小字附注:在敌人威逼或利诱下交代自己真实姓名和身份者,包含在此条目内。该手册不曾提到被动的含意,我猜想主动这个词汇在这里可能没有反义词。

于是我明白了为什么杜叔叔放着杜甫的杜不姓,而要说自己姓屠杀的屠。

在被关押半年多之后,杜叔叔逃出了集中营。他躲进深山里,假称自己是浙江的教书先生,家乡被日本人占了,逃难来到闽北。山里农民对他很同情,在他们帮助下,杜叔叔找到共产党地下组织,就在当地加入了游击队,直到全国解放。所以在很长一段时间里,大舅和夏叔叔都打听不到他的消息,他们以为杜叔叔早已牺牲了。

杜叔叔脱离了牢笼,靠的不仅是机遇,更要紧的是一技之长。

集中营的队长是个运动爱好者,特别迷篮球,他让手下的看守警卫组成一支篮球队,首场比赛便与新四军战俘对垒。看守们大多是些土包子,战俘里却不乏城市学生,还有像杜叔叔那样的高手,而且战俘都是带着同仇敌忾的心情下球场的。比赛的结果不言而喻,杜叔叔心想这下又得蹲铁笼子了,不料正相反,队长让他去给球队做教头。

过了几星期,驻扎在邻近的五十二师邀请集中营球队去打球。队长把杜叔叔也带了去,让他穿上球衣临场指导。据杜叔叔说,那是一场势均力敌的比赛,打得十分精彩,可惜始终不知道最后结局如何。他给集中营布置了一套紧逼钉人的防守战术,要他们冻结对方的中锋。他以为这些术语很难懂,可球员们却都心领神会。"绕什么圈子,"队长说,"不就是要咱们看死那帮小子吗?你放心好了,这是咱们本行。"

当比赛进行到最紧张关头,杜叔叔溜出球场。他说去解手,却没进茅厕,直接走向了军营大门。他知道营房外有条小路,穿过几块水田,就能进山。

在军营门口,一个哨兵叫住他,那时刻杜叔叔的心都快跳出了胸腔。

"喂,你那儿是什么东西?"哨兵指着杜叔叔大腿和手臂上一些圆圆的疤问道。

"呃,是烫伤,"杜叔叔想了想说,"小时候口馋,不小心把刚出锅的炒黄豆全倒在身上了。"

"亏得没碰到脸,要不你就成了大麻子。"哨兵同情地说。

"可不是吗,那就讨不上老婆了。"

哨兵挥挥手,放杜叔叔出了大门。

大舅一辈子没讨过老婆,他的生活琐事是由我妈料理的。长此以往,他们俩的关系就有些倒置,仿佛妈妈是大姐,而大舅却是弟弟。记得在我十岁以前,妈妈经常数落大舅,起因总是为了钱包掉了或者烟头烧焦了袖管,可说着说着,话题就扯到了叶阿姨身上去了。于是妈妈点着大舅的鼻梁说:"你啊你啊,真没用,十足一个笨蛋。"

妈妈的潜台词是:她把叶阿姨介绍给大舅,本来是想让他俩结下百年之好,可大舅太窝囊,放过了机会,倒被夏叔叔占了便宜。

四十年代中期,苏北根据地女性不多,而有文化的长得漂亮些的就更加凤毛麟角,受到数几倍于己身的男士包围,想来妈妈也有这方面的体会。当时叶阿姨刚从福建转道而来,在苏北没几个熟朋友,她想找人帮她提高理论水平,妈妈便趁机深谋远虑地把大舅推到了前台。叶阿姨每星期去大舅宿舍上一次课。等她到了,大舅军械厂的同事就知趣地避开,还在叶阿姨身后向大舅跷起大拇指。

这位同事的确够朋友,可惜并不是所有的人都像他那样,也有喧宾夺主的,比如夏叔叔。

夏叔叔在大舅的宿舍里结识了叶阿姨,他了解到叶阿姨是从上饶集中营里出来的,便向她打听杜叔叔的下落。

"我不一定知道他,"叶阿姨说,"那儿人很多,他姓什么?"

"杜。"

"怎么写?"叶阿姨皱着眉头问。

"一个木,一个土。"

"噢,那我不认识。"

"也许他已经牺牲了,"夏叔叔沙哑着嗓子说,"真糟糕,我们是最好的朋友,在中学里别人叫我们'三剑客',老杜、我,还有田鼠。"

"田鼠?谁是田鼠?"

"怎么,你不知道小杨的外号?"夏叔叔笑着说,接着他向叶阿姨解释为什么大舅会获这个外号。他说田鼠长年累月生活在地洞里,所以一跑到阳光下,就成了个睁眼瞎。

妈妈知道了这段谈话,非常恼火,虽然她有时也管大舅叫田鼠,可她认为这完全是两码事,不可相提并论。从那以后,妈妈就对夏叔叔有了成见,随着事情的发展,她的成见越来越深,以至于一二十年后都没能释怀。

有一次,我旁听到妈妈和叶阿姨聊天。她们两人并排坐着织毛衣,妈妈是为大舅,叶阿姨为夏叔叔。"小叶,你可要当心哦,"妈妈说,"老夏这个人,很花的。"

"怎么啦?"叶阿姨说。

"听说他又找了个漂亮的女大学生做秘书。"

"是吗?"

"当然是的,机关里在传闲话呢。"

"随他去,找什么都行。"

"你放心得下?"妈妈瞥了叶阿姨一眼。

"放心得下。"叶阿姨似笑非笑。

那时我完全听不懂妈妈话里的意思,等我能听懂时,她却不能再和叶阿姨聊天了。自然,妈妈还经常数落大舅,但在数落过后,她往往会加上一句,"不过话说回来,你笨虽笨,可也有点笨福。"

很明显,如果叶阿姨真的嫁给大舅,那么死于煤气中毒的就不会是夏叔叔了。

大舅被押上历史审判台的那天,我混在人群里当观众。那张审判台是由菜场里的四张肉案拼成。大舅站在正中,两旁是他商业局的同僚,每人身后都有一名彪形大汉,揪住他们的头发,把他们的脑袋使劲往下压。那天西南方向刮过来一阵热风,气温足有36℃,汗水从彪形大汉的小臂流进大舅乱蓬蓬的头发里,又顺大舅的前额鼻尖一路滴下。我在台下,也热得死去活来,但我不敢开溜。我负有使命,妈妈交代过,让我把看到的一切回去向她详细汇报。

一个戴红袖章的女人走到台上,宣读被斗者的反革命罪行。她原来是菜场副食品部的营业员,经常踩着三轮车走街串巷去推销豆腐,因而练出了一副好嗓子。在她抑扬顿挫说个没完的时候,大舅想到一个以前在书本上读到的转移注意力的方法,开始默默地背诵起诗词。他搜索枯肠,从小学里学的"朝辞白帝"一直背到"残阳如血",然而有一首,大舅既不明出典,也记不起开头结尾是什么,他只能反复念着其中的两句:"落花人独立,微雨燕双飞。"

卖豆腐的女人发现大舅的嘴唇在微微抖动,便勒令他抬起头来,向革命群众老实交代。大舅回忆着二十多年前被捕的经过,又想起自己对准土墙撒尿的情景,他抹了抹鼻尖上的汗,说:"别让人抓住。"

"你以为你是个小偷!"女人大怒道,顺手打了大舅一记响亮的耳光。

大舅的眼镜被打飞了,顿时眼前一片茫茫然。他急忙蹲下,两手在黏糊糊的肉案上摸索起来。他的模样确实很狼狈,完全丧失了局长的尊严。台下响起一阵哄笑,那个女人也笑了,笑得弯下腰,捧着肚子,和大舅蹲在了一块儿。从我站的角度望去,他们就像两个在收割过的稻田里捉蟋蟀的人。

公正地说,大舅在"文化大革命"并没有受什么器质性的伤害。他有块护身符,就是他那副眼镜,每当革命群众的老拳落在大舅身上时,他的眼镜便率先掉地自我牺牲。进攻的节奏被打断了,革命群众也就对大舅失去了兴趣,转而寻找新的对象。

大舅真正受伤的地方是心里。他每天从局里接受批斗回家,总是拖着脚步,显得疲惫不堪。他倒在椅子上,半天不吭一声,要不就接二连三地叹气。他告诉妈妈,这些日子他常常想到夏叔叔,我注意到他没说他是否想起过叶阿姨。

"你想老夏干什么?"妈妈问。

"我想,如果我能和他易地而处该是多好。"

"你可别胡思乱想!"妈妈吓了一跳。

"你放心,我不会走那条路的,"大舅摘下了眼镜,轻轻揉着眼皮,"我舍不得这个小家伙。"

他说的小家伙自然是指我。其实那时我也不算小了,我已经十五岁。在学校里,我曾打飞过我们语文教师的老花镜。

杜叔叔的运气就没大舅这么好,他没有护身符,因此只能挺着脖子挨打。而且他身高马大,天生有种军人凛然不可侵犯的风度,革命群众更喜欢拿他开刀。

革命群众问他:"你们那个小集团里,姓夏的是特务,姓杨的是叛徒,物以类聚,你还能是什么好东西!"

杜叔叔说:"姓夏的不是特务,姓杨的也不是叛徒,我姓杜的是什么东西,历史自有评说。"

于是又招来一顿暴打。

前些年杜叔叔来我们市看病,我和大舅去机场接他。这是我第二次见到他,与上次相隔二十多年。杜叔叔的模样变了,成了个身材伛偻的小老头,完全不是我心目中的那个人了,以致我都不敢上前去替他拿行李。我不知道是我长高了,还是他变矮了。

事实恐怕是,我的确长高了,而他又的确变矮了。在批斗中,他的腰椎受了伤,大腿也被打断。由于没及时治疗,他的右腿比左腿短了五公分。他就是为这个来我们市就医的。

杜叔叔在汽车里对大舅说,挨斗的时候他常想起夏叔叔。

"你也想过老夏?"大舅黯然说。

"是的,"杜叔叔看着大舅,"我想他还是那样走了好。要是晚几年,碰上'文化革命',他们俩可就惨了。"

杜叔叔又问大舅:"你怎么样?"

"你不都看见了,还好。"大舅说。

有一样东西杜叔叔没看见,就是大舅原先戴的那副眼镜。大舅没把它扔掉,依然深藏在书桌的抽屉里。它的鼻架和腿断了两处,是用胶布草草裹上了,右边的镜片缺了个角,左边的则有道裂纹从上到下斜贯而过。

那时候,妈妈想给大舅买副新的,但大舅执意不肯。他说何必呢,再买一千副还不是给人摔得稀烂。

所以,大约有近十年时间,大舅左眼里望见的每一个人,都像是被武士刀从肩头到腰间给斜劈成了两段。

夏叔叔和叶阿姨死后,公安局对他们留下的遗物进行了清点。再过几年,那种清点活动将遍及整个中国大陆,名称更通俗上口,叫抄家。

清点那天,大舅和杜叔叔都在场,是公安局的局长请他俩去的,目的在于直接咨询。局长陪他俩坐在客厅沙发上品茶谈天,在他们谈天的时候,局长手下的年轻人神情严肃地里外奔走,把所有文字材料和用途不明的东西归在一起,以便带回去仔细研究。

局长和杜叔叔有共同的话题,他原来是项英的警卫员,皖南事变中跟着首长在山里转了几个月,好不容易突出重围。夏叔叔的死使他联想起二十年前项英的被害,不过他又说情况有些不同。项英是因为逃亡途中在一个山洞子里脱掉衣服捉虱子,露了身上带的财物,他的副官见财起意,半夜里用手枪把他打死了。

那副官卷走财物投了国民党,又带人回来找项英的尸体。他没找到,尸体被局长他们埋在了一个隐秘的地方。那边的人说他冒功,把他也给毙了。

大舅静静地听局长忆旧,一面小口喝着茶。他知道茶是龙井,是叶阿姨最钟爱的,每年春天她都托人从杭州茶园带来,装进一个青瓷罐里,慢慢享用。大舅侧过身,眼光越过局长肩头,望向墙边的书架。青瓷罐还在那儿,不过倒放着,里面装的茶叶,尖尖的小山似的,全堆在一张报纸上。

一个年轻人跑过来,又紧张又兴奋。"局长,发现了一座小型军火库。"他上气不接下气说。小心翼翼的,他把手里捧的东西放在茶几上。一顶钢盔,一把匕首,一支手枪。

"别大惊小怪,"大舅说,"都是老夏收藏的纪念品。"

那小青年不以为然地看看大舅,继续对局长说:"您看,枪上还有字,'精忠报国,婉君留念'。"

"我刻的,"大舅说,"这支鲁格手枪是我送她的结婚礼物。"

叶阿姨和夏叔叔结婚在1949年初。那时新四军已改名为人民解放军,马上要渡江去解放南半个中国。大舅将跟随野战军出征,夏叔叔叶阿姨和我妈妈则另有任用,准备接管被大部队解放了的江南城市。在大舅出发之前,夏叔叔和叶阿姨向老乡买了只鸡,为他饯行,他们也请了我妈,但我妈没去,可能她已经料到席间会谈到什么。

那天是叶阿姨亲自下厨。她在腰间扎了块蓝花布,挽着袖子,看上去像个普通的水乡小媳妇。她一手往灶里添火,一手在灶上炒菜,灶火烧得她脸色绯红,细小的汗珠沁出她的上唇。她不时撩起围布抹把汗,又不时别转头,使劲眨着让烟熏出泪水的眼睛。看着叶阿姨,大舅心中一阵酸楚,他非常想上去搭一把手,然而夏叔叔说有件事要和他商量。

夏叔叔对大舅说:"田鼠,等你走了,我们也很快就要南下,以后工作可能会十分紧张。婉君和我商量了,打算趁这段时间把婚事给办了。我们俩想听听你的意见。"

"我有什么意见,"大舅立刻说,"这样很好,我祝你们幸福,白头到老。"

"谢谢,"夏叔叔笑了笑,"我说你也该考虑考虑你的个人问题了吧。"

"我不忙,还不知道能不能活着回来呢。"大舅沉思片刻,问,"什么时候举行婚礼。"

"哪有什么礼啊,想过几天请些人聚聚。"

"那我是无缘喝你们的喜酒了,"大舅看着灶头上的叶阿姨,"不过,我准备了一件小礼物,送给你们俩。"

那礼物是支鲁格手枪,是在此五年前大舅从一个被击毙的日本军官身上搜来的。枪上的字也是那时刻的。其实,大舅早就想把它送给叶阿姨,可因为叶阿姨跟夏叔叔提高理论水平去了,不再到军械厂,大舅一直没机会送出手。

除了鲁格手枪,大舅从日本鬼子那儿缴获的战利品还有一把武士刀和一个小铜佛。那把武士刀非常漂亮,从头到尾四尺来长,刀鞘裹着蛇皮,鞘尖和吞口是银制的,刀把上缠有密密的金丝。大舅把它挂在我家客厅的西墙上,当早晨阳光破窗而入,洒在墙头时,它会发出一层层的光波,令人眼花缭乱。

夏家出事后不久,大舅把武士刀上缴了。他事先没告诉我,我放学回家,刀已经不在了,只看见墙上有条弯弯的白印,好像一根特大号的香蕉。为了这事,我着着实实地哭了一场,差不多两天没跟大舅说话。这把刀是我少年时代最珍爱的东西,它使我在同学中占尽优势。我曾经许多次与同学达成协议,让他替我做家庭作业,我则把刀取下,借给他们玩那么一两分钟。

日后想起来,把刀上缴掉确实是大舅从生活学到的很英明的一举。这样,到"文革"中抄家时,我们家除了削水果的小刀外,就没有任何军火了。

那尊铜佛倒一直留在家里,它没有一点起眼之处,只是个面目不清的和尚坐像而已,故而每批来我家的革命群众都放过了它。一次有个人说这是"四旧",把它狠狠砸在地上,结果铜佛无损,地板却多了个凹坑。

直到最近我才发现铜佛底座下还刻得有字,那是两个汉字:平安。看来它也是个护身符。

不管妈妈做过什么样的推测,叶阿姨和夏叔叔婚后的感情一直很好。他们唯一的遗憾是没能生下一男半女。因此叶阿姨把她的母爱分作了两份,一份给夏叔,另一份就给了我。大舅没结婚,自然更把我当成亲儿子。可以想见,我在童年以至少年时的地位有多么特殊,简直就是三房一苗。

叶阿姨对我说过,妈妈生我时,她和大舅自始至终守在产房外。他们坐在靠墙的长条凳上,望着产房的玻璃门,屋子里的声响隐约能从门缝中透出。听着我妈一阵阵尖叫,叶阿姨双手紧握,指甲深深刺入掌心。那是寒冬腊月,可等到护士把我裹在蜡烛包里抱出产房给她看时,她里面穿的棉毛衫裤已经全被汗水湿透了。

"就像我自己生儿子一样。"叶阿姨说。

等我能走路了,她常带我出去玩,给我买糖,买气球,买连环画,陪我上公园。有时和妈妈一块,有时是和大舅。不知在什么时候,我产生过一种想法,这想法实在荒谬,而且不忠不孝极不道德,压根不该想、不可想,但我确实想过。我想,要是出了什么意外,妈妈和爸爸都不在了,那我也可以和大舅、叶阿姨重组一个家庭。

在老新四军战士的小圈子里,曾经有个谣传,说大舅独身完全是为了叶阿姨。这不是事实。大舅没那么浪漫,就算他有,我妈妈也不会允许。大舅之所以没结婚,是有别的原因。

渡江战役中,大舅发挥了他的特长,他利用旧汽车的马达,把渔民的木船改装成机动帆船。为此他立了个二等功。随后他跟着第三野战军打到浙江福建,攻打舟山外围小岛时,上级又指名把他调了去。大舅上了尖刀连的船队,守在船尾的马达旁。他的任务是保证机器正常运转,可因为晕船,他不住呕吐,吐得分不清东南西北,岛上的国民党守军向他们开炮,炮弹激起的浪头有山那么高。当尖刀连靠上沙滩,一颗炮弹炸开了,大舅只觉得腹部一阵灸热,然后无比轻松,自上船来一直折磨着他的晕船之苦,顷刻间烟消云散。

等大舅醒来,已是两天以后。他发现自己躺在军医院的床上,手臂插有输血管,腰间缠有绷带,一个女护士正微笑着俯身看他。他想坐将起来,但腹腔的巨痛使他无法动弹。大舅在那张床上又躺了四个多月,于此期间,他原来所属的部队发起了对金门的进攻。如果大舅不受伤,肯定也要去。然而那一仗失利了,上岛的四个团,除了战死的,全部被俘。被俘的人日后虽遭返回大陆,但根据我见过的那本手册,他们中的大多数都适用于动摇到投敌的条目。所以大舅虽是负伤,可从他的政治前途来看,应该说还是不幸中的大幸。

就这样,在三十一岁那年,大舅揣着枚军功章和一张残废军人证书,回到了他出生并接受启蒙教育的城市,担任商业局里主管蔬菜和副食品供应的主任。那时夏叔叔在轻工业局任处长。十年之后,大舅荣升为商业局局长,而夏叔叔,已经成为我们市的副市长了。

大舅在军医院里养胖了。当他能下床活动时,每天中午,他就端一把藤椅来到室外,尽情享受在阳光下午睡的乐趣。军医院所在原来是外国人开的一家寄宿学校,校园里有块很大的草坪,草坪中央是一个装饰着仙女雕像的喷水池。自从野战医院迁来此地,炊事房把草坪一角辟为菜田,用喷水池的水就近浇灌,他们还利用草坪放鸡,把医院的伙食搞得丰富多彩,这也是大舅发福的原因之一。

大舅躺在藤椅上,摘下眼镜,把一块毛巾搭在额头和鼻梁中间。阳光透过毛巾的孔隙,在他合住的眼皮上洒下七色彩虹,大舅感觉到温馨的懒意,意识自由自在地走向远方。有一会儿,他好像来到了1943年的那间牛棚,这大概是菜田里刚上的新鲜粪肥刺激了他的嗅觉神经,接着他又参加了叶阿姨和夏叔叔的婚礼。他看见叶阿姨披上洁白的婚纱,脸上带着她第一次见到他时露出的那种腼腆的微笑,她显得非常漂亮,只是腰间很不相称地束着粗皮带,皮带上还插了一把鲁格手枪。

幸亏婉君没有挑选我。大舅正这么想,有人揭下了他盖在脸上的毛巾。

"田鼠,可以醒醒啦。"

大舅戴上眼镜,一个熟悉的影子从使人目眩的光线中慢慢显现出来。"老杜!是你吗?"他有些迟疑不决。

"不是我是谁?"杜叔叔说,"没忘了我吧,火枪手。"

大舅摇晃着站起来,使劲搂住杜叔叔的双肩。他鼻尖刚好齐杜叔叔的下巴,因此他得踮起脚才能够上杜叔叔的肩头。

他含着眼泪说:"你这老家伙怎么还没死啊?"

"非但没死,还是你的父母官呢。你知道吗,你现在站在我的地盘上。"

杜叔叔那时是军医院所在地方的区长,他代表当地行政首脑来慰问伤兵,在医院花名册上看到了大舅的名字,于是便丢开公务,独自跑来叙旧情了。他对大舅说了他那些年的经历,说起集中营、审讯和铁笼子,他把铁笼子在他身上留下的纪念指给大舅看。大舅也想让杜叔叔看看自己的伤疤,可又觉得那个部位不甚雅观。

"小夏他好吧?"杜叔叔问。

"很好,"大舅说,"我想他这会儿已经结完婚了。"

"那你呢?"

"我?"大舅苦笑一下,"或许等下辈子吧。"

杜叔叔不作声了。他猛然想到花名册里关于伤势的附注。大舅看到杜叔叔难过的表情,便换了个话题。

"老杜,我们一块回家去吧。"

"我已经回去过了,"杜叔叔说,"在做梦的时候。"

杜叔叔说这是开玩笑,他是想回去,看看老家,看看母校和老朋友们,可那得等到他手头的工作空下来时。然而他的工作老也空不下来。他和大舅保持通信联系。在每封信的结尾,大舅都附上一句,问他什么时候能把梦想兑现;每次杜叔叔都回答快了,不会太久。

杜叔叔回乡省亲是在他和大舅重见的十年之后。要是大舅知道这会引出什么样的结果,他一定会后悔自己在军医院里的提议。

和杜叔叔一样,叶阿姨也是从上饶集中营里越狱逃跑的。她那段历险记,凡六十年代初在我们小学上一年级到六年级的每个学生,都能大致说上来。

那年头学校时兴传统教育,有一天校长把我找了去,想通过我请一位革命前辈给全校师生做报告。校长来我家做家访,自然清楚我这独苗上连着哪三房。他对我说:"教育下一代是我们事业的千秋大计,如果夏市长不能在百忙中抽空,最好能请到他的爱人……"当时在我心目中,校长这头衔远比局长市长响亮得多,所以当叶阿姨表示为难时,我沮丧得都差点要哭了。"男子汉的眼泪是不能轻流的,"叶阿姨摸着我的头发,想了想说,"别难受啦,我去,我去还不行吗?"

叶阿姨在我们学校大礼堂做了两个钟头报告,讲的是新四军战俘组织暴动、逃出集中营的经过。她说那件事发生在福建崇安县一个叫赤石的地方,因此后来历史教材上就叫它赤石暴动。

1942年春,日本军队攻占了金华,上饶危在旦夕。第三战区司令部决定把集中营迁往福建。经过几天步行,战俘们被押解到了赤石镇。镇东面有条河,大约百来米宽,靠两个竹筏摆渡。集中营的队长指挥看守押战俘分批上筏,他们的警戒有点松懈了,因为已经到了安全的地段,他们没想到,那些表面看来很听话的新四军俘虏,暗地里却进行了串连,待到一过河便准备发起暴动。

叶阿姨跟着男战俘的最后一筏渡河。上岸后她找了块大石头,想坐下歇歇,等后边的女生队,这时,她听到有人唱起了义勇军进行曲。她正在纳闷,就看见难友们全像听到号令似的,突然都散开了,向渡口右侧的丘陵地带奔跑。她没有迟疑,也拼命跟着跑。身后响起了枪声,子弹嗖嗖地飞过她头顶。她在田埂上绊了一下,摔倒在地。有人把她拉起来,鼓励她坚持住,跑进山里就是胜利。

突如其来的暴动让集中营的队长惊呆了,他立刻想到这一切对他的官运以至性命意味着什么,清醒过来后,他一面命令手下开枪扫射,一面用几乎恳求的声调高喊:"别跑啊,别跑啊,有什么事都可商量嘛,你们快回来,快回来吧!"

后来我才明白,这队长和杜叔叔常说的那位其实是同一个人。在叶阿姨他们暴动成功以后,他被撤了职,并因渎职罪提交军事法庭审判。他花了许多钱,托人打通关系,好容易保住一条老命。不过在出庭那天,他还是吓惨了,从军法处的台阶上摔了下来,跌断了一条腿。那以后,他大概就没兴趣再打篮球了。

叶阿姨说她一生中从没跑得这么快过,那不是用腿在跑,而是用生命去冲刺。曾有一会儿她觉得再也支持不住,像是就要死了,她的脚步变得飘飘浮浮,意识也开始飘浮。后面跑过来的两位男同志看到了这情况,便一人一边,架起她的胳膊,继续向山上冲。

他们跑到山顶,太阳已经西沉,男同志把叶阿姨放下,让她平躺着休息一会儿。叶阿姨发现自己的鞋子没了,她不知是什么时候跑丢的,只感到脚掌心像刀割似的痛。枪声渐渐稀疏,仍然能听见队长拖着哭腔的哀鸣,敌人虽然就在山脚下,却不敢冒险进入黑压压的山林。直到这时,叶阿姨才意到自己已经自由了。她仰望天空,天空似乎特别高,星星似乎特别亮,空气也特别的清新。聚集在这山顶上的十几个人,突然像孩子似的扑在一起,互相庆贺,叶阿姨虽说是唯一的女性,可也忍不住了,她和男同志们紧紧拥抱,把泪水涂在他们的腮边及肩头。

第二天,叶阿姨和她的伙伴们进了武夷山,辗转数月,终于到了苏北,回到新四军的怀抱,自那以后,每年五月末他们都尽可能抽空在一起吃顿饭,以纪念脱险的日子。叶阿姨曾经带我参加过一次那样的聚餐会。那些叔叔对我都挺好,他们中有些人跟大舅很熟,另一些人早就认识妈妈,他们拼命喂我吃东西,鸡腿、鱼,还有汽水,害得我回到家,当晚就拉肚子。

五月聚餐会在我满十岁后自行消亡。叶阿姨没能出席最后一次聚餐,那时她正奄奄一息躺在医院里。听说那次聚会非常沉闷,完全不见往日的欢笑,大家都被夏家发生的事搞得神不守舍、恍恍惚惚。只有一个人在高声说话,他是喝醉了,用拳头捶着桌面一个劲地嚷:"不可能!这不可能!打死我我也不相信!"

喝醉的叔叔就是架着叶阿姨胳臂跑上山的那两人中的一个。在山顶上,他替叶阿姨挑出了嵌入脚底的碎石片,又把自己的鞋子脱给她穿。好像他后来也曾追求过叶阿姨,自然也遭到了婉言谢绝。他是大舅的朋友,又和大舅一样,是情场上的失败者,至于是否因为这共同点促进了他们的友谊,那就不得而知了。

常听人用战场来比喻情场,可我以为这两者有很大的不同。在战场上,对垒的双方可以打成平手,可以签订和约,可以不了了之,随后同时宣布自己取得了决定性的胜利;然而在情场上却总有一个实在的幸运儿。

夏叔叔就是这样的一个幸运儿。

其实不仅是在情场上,在战场上夏叔叔也一直走运。他于皖南事变前一个月离开了皖南,躲过了那次奇冤;他在"文化大革命"开始前几年死了,也没遇上那场浩劫。1943、1944年日本鬼子在苏北搞清乡,夏叔叔几次被他们堵在包围圈里,可每回都有惊无险、逢凶化吉。他打过十来场大仗小仗,不知道曾否击倒过敌手,反正自己从未受伤,等部队转入全面进攻时,他又被调到地方工作,挨枪流血的机会就更少了。

夏叔叔在仕途方面也十分顺利,他在每轮职务阶梯上停顿的时间不超过两年,科长到副处长,副处到正处,正处到副局,再跳到正局,提升为副市长时,他年纪刚满四十岁,成为我们这座城市有史以来最年轻的行政首脑。撇开像妈妈那样因某种说不出口的原因而产生的成见,我所听到的有关夏叔叔的评论都是赞誉之辞。

大家说他年轻有为,能力强口才好,有风度,又善于处理上下级之间的关系,总之,他是一个模范干部。如果不算原新四军政委兼副军长项英对他做过的那次口头批评,夏叔叔的形象可说是找不到一点瑕疵。

他唯一的不足,是方届壮年便撒手西去。虽说现在人们注重的是生活的质量,并非数量,而且他死得又是那么安详,仿佛沉睡在幸福中,以致大舅若干年后会对此表示羡慕,然而他毕竟死得过早了,没能望见他事业的巅峰。

如果叶阿姨真是国民党特务的话,那夏叔叔就是在国内革命战争中牺牲的最后一名新四军战士。

在叶阿姨和夏叔叔猝死之前,我觉得自己的生活平乏无味,这当然与我所处的环境有关。我是个在传奇中泡大的孩子,在摇篮里妈妈和叶阿姨对我哼的是游击队进行曲,我的第一件玩具或许就是大舅的武士刀,妈妈和大舅的朋友们各自有其不寻常的经历,他们来我家时,我总竖起耳朵站在沙发后面,他们聊天中随口谈出那些往事,常常在晚上把我带进一个五颜六色的梦。可学校的日子却是那么枯燥,日复一日的升旗出操,上课下课,做不完的家庭作业,如此等等,令人厌倦。我时常想,要是能早生几十年,活在叔叔阿姨大舅的时代,那该多有意思。

前不久在报上看到条报道,说是有四个十岁的小学生,私拿了父母的积蓄,结伴去峨眉山学剑,在船码头被人截下。经询问,说他们还不知道峨眉山是在四川。那报道的目的是想引起家长们的警惕,可我倒是很理解那四个男孩。我和他们的区别在于,当我像他们那么大的时候,书店里不卖武侠小说。

不过在十岁那年五月,我过得倒很充实。那个月里发生的事,让我一辈子都回味不尽。月头上我满了十岁,妈妈和大舅说这是大生日,对未来会产生深远影响,要为我庆祝一番。他们让我请了几个平时要好的同学来家里吃饭,叶阿姨当然也来了,她送我件礼物,一把手枪,可惜是塑料的。

妈妈指挥保姆下厨房做饭的时候,我和同学们在客厅里玩打鬼子的游戏。我们在椅子下爬来爬去,把它当作假想的地道,并假想鬼子就在地道上面。在我们头顶,大舅正坐着和叶阿姨谈。我瞧见他的脸色,好像很不高兴。

大舅确实有点生气,不过不是对我。他为一个老战友的事托夏叔叔帮忙,但被夏叔叔拒绝了。那人原先和大舅同在一个部队,在攻打金门岛的战役中不幸受伤被俘,遣返回大陆后,他被开除了党籍军籍,那时连个正式工作都没有,只能每天扛着板凳在街头补锅。

大舅告诉叶阿姨,在军械厂那位战友和他睡一个宿舍,以前叶阿姨去时,那人总借口回避,在门边向大舅跷起拇指,顺带做个鬼脸。"你应该认识他的。"大舅对叶阿姨说。可叶阿姨不记得了。毕竟已经过去了那么多年,而且她脑后没长眼睛,看不到别人在她身后做的小动作。

"这不公平,为什么要这样对待自己的同志!"大舅说着就有些激动,"他并不愿意做俘虏,可他受了伤,失去了战斗力。这实在太不公平了。"

"老杨,往后你就少管管别人的事吧。"叶阿姨轻声细语说。

"婉君,你怎么也不明白,这个人可能就是我呀!"

"我明白,是你不明白。老夏也不便多说话。为了你的事,组织部对他已经很有意见了。"

"我的事?我有什么事?"大舅莫名其妙。

"开饭了,别像老太爷似的,过来帮帮手吧。"妈妈在厨房里高声叫唤。

大舅和叶阿姨的谈话就此被打断,以后再也没有机会继续下去,倒是"文革"中挨斗的时候,大舅弄清了夏叔叔和组织部之间芥蒂的由来。原来在讨论提升大舅任正局长的问题上,组织部持反对态度，他们认为他属于内部控制使用的干部，不能担任要职。

生日过后没几天，我们市进入了雨季。接连一个星期，大雨下个不停。我们家的大院里，学校操场和从家去学校的路上，都积了水，水面上到处漂浮着淹死的甲虫和蚯蚓。报上说："特大暴雨袭击本城，平均日降雨量超过一百毫米。市区数万户居民家中进水，郊县已成泽国，大部分公交线路因积水深度已过汽车发动机，而被迫中断。气象学家惊呼，这次涝灾百年罕见。"同一张报纸的另一条报道还说，住在东城的某位居民当日在卧室里抓到三条一斤多重的鲫鱼。

大舅愁坏了，他主管的部门不能向市区居民供应足够的蔬菜和副食品。郊县的农田被淹了，就是没淹的也运不进城里。每天我们家保姆从菜场回来，都要对妈妈诉苦，说是买不到东西，给的钱太少，所有东西都涨价了。于是到晚上，妈妈就以一个主妇和干部的双重身份，指责大舅没把工作做好。大舅偶尔也争辩几句，不过他的声音比起妈妈来，就显得十分无力。

雨下得最大的时候，我在客厅里用功。那天家庭作业是做作文。我把作文本、铅笔、橡皮和卷笔刀放在小桌上，写几个字，又擦去，再削一次铅笔，后来我干脆一口气把铅笔削掉了一半，看看能否让木屑连接不断,像叶阿姨削苹果皮那样。我想我可能有点神经质,这得怪我老师,因为他总喜欢出些无聊的作文题来难为我们学生。那天他出的题目叫"令人难忘的一夜"。

妈妈和大舅的谈话吸引了我的注意,我放下卷笔刀,专心致志听他们俩争论,听着听着不由得暗暗发笑。我心想,大人其实也并不像他们自个儿以为的那样聪明。等雨再下大些,淹上我们住的二楼,那我们的床头就能钓到鱼了,何必辛苦去菜场买菜。

杜叔叔就在那天傍晚回到了他和我们的城市。他下了火车,在车站等了半个多小时,没看到原定去接他的车,便扛起旅行袋,涉水自己走到了招待所。那时他的腿还没被打断,他的身材还保持着一个篮球运动员的标准,浸没别人大腿的积水,对他来说,只是刚刚过膝。

他在招待所放下行李,匆匆洗了把脸,就按地址找到了我家。那时我对妈妈和大舅的争论已没了兴趣,听到门铃响,抢先跑了过去。

我打开门,看见一个卷着裤脚管的人站在门外。他身材很高大,像半截铁塔。因为身材高,我的视线首先触及的是他的大腿,那些圆圆的像被炒豆子烫出来的小坑把我给吸引住了。

"你那儿是什么东西?"我问。

杜叔叔稍稍一愣,那时刻许多被抛在脑后的记忆全向他涌来。他想起了铁笼子,想起了集中营的审讯,想起二十多年前在上饶附近一处军营门口有人对他提出的同样的问题,当时他对这问题的回答关系到一生的命运,如果他答错了,他的历史或许还有其他人的都将被改写,"这是个征兆,"在第二次来我们这儿看病时杜叔叔对我说,"预示了一场悲剧会发生。"

"那是麻子吧?"我又问。

"小孩子应该懂得礼貌,"杜叔叔说,"难道每来一个客人你都这么盘问?你大概就是那个你舅舅常在信里提起的小家伙啰?"

我没来得及回话,大舅和妈妈都走出来了。整幢楼里只听见妈妈的女高音,"好你个杜大个子,早不来晚不来,偏挑了这么个倒霉的日子来,我就算想请你吃饭,又上哪儿去买菜呢!"

"那没关系,"杜叔叔大笑说,"能看到家乡和朋友,我就心满意足了。"

可征兆预示了他无法心满意足。即使后来发生的事,就是家乡,他也看不全。靠下面的一半都还浸在水里呢。

杜叔叔在我家坐了会儿,随后我们一块去看夏叔叔。夏家和我们同住在一个大院里，用不着走几步路。在经过积水的洼处时，杜叔叔把我举了起来，让我骑在他的脖子上。他兴致很高，不在乎我的不礼貌的表现，也一点没为遇上百年罕见的大雨而懊丧。

杜叔叔的高昂情绪一直保持到他与叶阿姨见面。在进门处昏暗的过道里，夏叔叔给他们俩做了介绍，杜叔叔握着叶阿姨的手，半开玩笑地说早就听说小夏娶了个让人羡慕得不得了的漂亮老婆，叶阿姨怪不好意思地笑了笑。我们走进客厅，日光灯把惨白的光亮均匀地洒在每个人身上，可能到这时，他们才看清了彼此的脸。于是他们的笑容凝固了，他们俩对视的目光似乎也凝固住了。

妈妈说她早就觉得情况不很对劲，她跟叶阿姨谈菜场的事，可叶阿姨心不在焉、答非所问，表情木然得很，不知在想什么。大舅说他也有所察觉，以往叶阿姨总爱向客人推荐她的龙井，那天却要夏叔叔再三提醒才想到添茶，而且还几次把水倒在桌上。不过这些都是妈妈和大舅事后总结的，如果他俩真有预见，在当时可谁都没表露出来。至于我，那晚上倒真还有些不自在，但不是为别的，是为了我那篇未完成的作文。

考虑到我要上学，那晚上早早便散了。三剑客约定第二天再见。第二天上午市里有个会议，讨论抗涝救灾，由夏叔叔主持，大舅也要参加。等开完会，他们就去招待所接杜叔叔，然后找个馆子好好吃一顿,痛痛快快地聊。"无醉不归",这是夏叔叔的原话。他也许太高兴了,就没像妈妈大舅那样,注意到叶阿姨的反常表现。

送客到门口时,夏叔叔对大舅说:"天气不妙啊,气象台说明后两天还有雨。"

"是不太妙啊。"大舅说。

"你准备采取什么措施保证我们的厨房?"

"尽力而为吧。"

"那好,"夏叔叔说,"明天会议上听你的高见。"

回到家里,妈妈立刻把我赶上床。在睡着之前,我一直望着窗外。雨点打在窗玻璃上,发出啪啪的声响。我巴望着明天街上的水积得更深,这样,也许我就不必去学校,也就没有人会关心我是否完成了家庭作业。

大舅没睡,他在书房里准备明天的发言。听着雨点打窗的声响,他一时展开的愁眉又蹙紧了。他知道如果他的发言不能使人信服,夏叔叔不会放他过关的。在公众场合,夏叔叔很注意不给别人留下讲私情的印象。

那是晚上十点半钟。然而那个令人难忘的晚上还远远没有结束。两小时后,杜叔叔又敲响了我家的大门。他浑身都湿透了,随便在哪儿捏一把都能接上一杯水,仿佛在这两小时里,他代替了高压线架,一动不动地肃立在大雨下。

"你怎么啦?"大舅吃了一惊。

"有话跟你说。"杜叔叔忧心冲冲地说。

大舅把杜叔叔领进书房,轻轻锁上门。他感觉杜叔叔要说的事情很严重,尽管他猜不出是什么。和所有的老兵一样,他对于危险有种奇怪的嗅觉。杜叔叔倒在沙发上,久久不吭声,大舅静静等着,也没催问。他还在想,等妈妈发现了沙发上的水迹,那又得费一番口舌了。

"我对你说过我在集中营里的事,你还记得吗?"过了一会儿,杜叔叔开口了。

"记得。"大舅说。

"有一个特务队长审问过我。"

"是不是问你姓什么屠?"

"对,就是那回。当时,除了队长之外,还有一个女文书做记录。"

"嗯。怎么啦?"

杜叔叔沉默了几秒钟。"看到小夏的妻子,我想起了那个女文书。"

"什么意思?"大舅慢慢挺直了腰背。

"她长得很像那文书。"

"你到底是什么意思!"

"我敢说,她就是那个女人!"

大舅跳了起来,两眼瞪着杜叔叔,"你认错了!"

杜叔叔顶着大舅的目光,说:"绝不会的。"

大舅绕着沙发走了两圈,又坐了下来。他尽力使自己的声音保持平稳,"老杜,你冷静一些。"

"我现在很冷静。"

"你知道你在说什么吗?"

"我知道。"杜叔叔说。

"不,你不知道!你有没有想过,你说的话对老夏和小叶意味着什么?"

"我当然想过,"杜叔叔狠狠砸了下沙发扶手,愤怒地说,"你以为这两个钟头我是在逛街。"

夏叔叔感到了倦意。他走进了浴室,看见脚盆里已经盛满了水。夏叔叔知道水是叶阿姨为他准备的,冷暖一定正合适。他脱去袜子,把脚伸进盆里,轻轻搅动。水波翻流,像一只柔软的手按摩着他的脚背。婉君,你过来一下,夏叔叔叫道。叶阿姨从厨房那边走来,问什么事。把擦脚布递给我好吗,夏叔叔说。他擦干脚,换上拖鞋睡衣,回到卧室。叶阿姨正替他取临睡前吃的药。你对老杜的印象如何?夏叔叔问。很好,叶阿姨稍稍有些迟疑。夏叔叔笑笑说,刚认识你可能觉得他比较冷,其实不然。他这人算得上古道热肠,为朋友能两肋插刀,对敌人毫不留情,你没看到他上学时跟人打架的样子。以后你会喜欢他的。我会的,叶阿姨说,她把装在瓶盖里的药丸递过去,让夏叔叔吞服。没忘了安眠药吧,夏叔叔问。没忘,叶阿姨说。那就好,夏叔叔又提醒了一句,记着早上七点钟准时叫醒我,明天的会是我主持,可不能迟到了。叶阿姨嗯了一声,就上厨房去了。

夏叔叔上了床,关掉床头灯,卧室漆黑一片,门缝中透来了厨房的灯光。已是夜深人静,耳边只有哗哗的雨声。夏叔叔不知道在隔几步地的我家,大舅和杜叔叔正满腹心事面面相觑。望着窗外,他自言自语说,看来今年的夏粮算是完了。

也许夏叔叔没说过这样的话,因为以上这一节全出于我的想象。事实上,没人知道那天晚上夏叔叔和叶阿姨说过些什么,做过些什么。没有人。然而有两件事,我大致不会猜错。一是叶阿姨给夏叔叔倒了洗脚水,她每天都倒,已经养成习惯,大舅对此很不以为然,常责备她使夏叔叔成了一个被宠坏的大孩子;二是夏叔叔肯定吃过安眠药。他有神经衰弱的病史,如果不服药,只要街上有一辆汽车开过,或者野猫叫上一声,整晚上他就别想入睡。

安眠药使夏叔叔睡得更安稳,中毒也更深,在我想象中他提起明天会议的时候,他其实已经没有明天了。

夏家出的事是他们的保姆首先发现的。她买菜回去,是七点半光景,家里静极了,没一点人声。她有些奇怪,往日这时候,东家已经起床,多半还把收音机开得震天动地,在收听早上新闻广播。虽说觉得奇怪,可她当时并没有别的想法,睡过头的事,人人都是有的,副市长也不该例外。要不是她看见卧室的门不曾关严,她就径直去厨房准备早饭了。

她轻手轻脚往厨房里去,惟恐脚步声吵了东家。她有些怕夏叔叔,至少她后来对公安局的同志是这么说。这时候,她发现卧室的门裂着一道缝,她想会不会东家已经出门办事去了,于是她放下手里提的竹篮,推门进了卧室。

卧室的窗关着,拉紧了窗帘,保姆看不清里面的东西,但闻到一股刺鼻的怪味。她一时里意识不到那是煤气,只是急急赶赶跑到窗前,推开窗户,把雨后的新鲜空气放进屋来,等她转过身,看到并排躺在床上的东家两口子,她真是吓了一大跳。

乌云密布的天空把它灰淡的光投进了卧室,给夏叔叔和叶阿姨留下最后一张合影。夏叔叔仰面躺着,面容平静如常,一条毛毯盖过他的胸口。在他身边,叶阿姨穿戴得齐齐整整,甚至没脱去皮鞋。她侧身卧着,下腭靠住夏叔叔的肩,前额紧贴夏叔叔耳朵上方,仿佛她想利用这一点时间,再向夏叔叔倾吐些什么。

这个画面大舅和杜叔叔都没看见,他们赶到夏家时,夏叔叔的遗体已经运去做解剖了,叶阿姨一息尚存,被送往市中心医院抢救。大舅和杜叔叔站在夏家过道里,连卧室也没能进去,因为公安局来的人正在那儿勘查现场。大舅看见他们从屋里拉出一根长长的橡皮管。橡皮管一头接在煤气灶上,另一头从卧室门下穿过,通到床边。这根橡皮管就是卧室门关不严实的原因。

"都怪我。这事都怪我。"杜叔叔铁青着脸,眼白上布满了血丝。

"你不要这么想。"大舅说。

"我该怎么想?"杜叔叔反问,"要是我没听你的话,昨天晚上就把真相摊开,那小夏不会送命!"

杜叔叔狠狠瞪了大舅一眼,转身走了。

大舅独自站在过道里,他奇怪自己听了杜叔叔的话为什么不感到内疚,他心想应该那样,可他没有,他只是觉得很累,非常累,好像只要一闭上眼就能睡去,于是他靠着墙闭上眼睛。过了好一阵,他才发觉有人扯住他的衣袖,在他耳边絮絮叨叨地说话。他扭过头,看见夏家保姆。

"我喊了一遍又一遍,"保姆抹着眼泪说,"叶同志,叶同志,快醒醒,把喉咙都快喊破了,她不理我,动也不动,直到看见了橡皮管,我才想到怕是出了事,本来我还以为他俩睡过头了,他们两个脸色都那么好,红彤彤的,怎么也不像死了呀。"

"你懂什么,"卷着橡皮管的公安人员插嘴说,"脸红才不妙呢,那是一氧化碳中毒的典型症状。"

那天下午,叶阿姨在医院急救室里苏醒过来。她睁开眼睛,看看自己身上穿的白色病员服和站在床边的医生护士,神态就像是来自银河系以外的某个遥远星球。守候在病房外的有关部门的同志,闻讯冲了进去,向她提出一连串的问题。叶阿姨没说话,只叹了口气,然后又把那两扇心灵的窗口关上。

从那天傍晚起,叶阿姨拒绝进食。她紧紧抿住嘴唇,不让护士给她喂稀饭,护士想用小勺撬开她的牙关,她拼命摇头,把整碗稀饭都打倒在被单上面。

第二天早上医生开始给她吊葡萄糖盐水。他好不容易把针头扎进她细细的血管里,可等他一转过身,叶阿姨就把胳臂上的针头拔掉了。

院方和市里领导商量过后,决定施行强迫进食方案。他们用橡皮带把叶阿姨两只手腕都绑床架上,然后给插入静脉滴管和鼻饲管。医生忙乱的时候,叶阿姨静静躺着,没做任何反抗,没有任何表情,好像这一切并不是发生在她自己身上。

维持生命的液体通过一条条橡皮管源源不断流入叶阿姨体内,但仍然没能留住她的生命,叶阿姨只比夏叔叔多活了五天,五天中她没离开病床一步,也没有说过一句话,甚至没对我说。这五天无疑是她一生中最漫长最孤独的日子。

叶阿姨的死使医院陷入窘境,他们没法交代,因为市领导再三指示过,要尽一切努力,一定要保住叶阿姨的性命,至少得让她把话留下。院方也确实尽了全力。他们派了最强的医生,拿出最好的药、最有效的治疗方案,然而回天乏术。还在我们去探望叶阿姨时,主治医师在病房外已经私下告诉大舅,看来她是毫无指望了。"我不是替自己辩解,"那医生摇着脑袋说,"真的,不怪我们无能,是她自己把电闸给拉下了。"

按照医生的见解,生和死其实都可以被视为一种物理现象。人好比是只六十支光的白炽灯泡,而意志就是电源开关,当一个人不想再活的时候,他的手就握住了闸门。于是吧嗒一声,灯就灭了。

叶阿姨把夏家的灯给灭了,也给她周围的人的心里留下很大一片阴影。五月聚餐会从此解散,对此我十分理解,因为聚餐显然会勾起大家对叶阿姨的回忆,而那种回忆又显然无助于食欲。

杜叔叔等事情告一段落后,立刻离开我们市,回到了南方。他不再给大舅写信,想来他没能原谅自己,因而也没原谅大舅。差不多整整过去了十年,他才和大舅恢复了联系。经过"文化大革命"的劫难,他把许多事都看轻了,别人在政治上解放了他,他也在感情上解放了自己。

至于大舅,妈妈说他再没能从那片暗影中走出来。这话不确。大舅的确变得沉默了,更少和人交往,可我知道,他已经能够正视这件事,虽然这花了他大约两年时间。他开始跟人讨论叶阿姨的死。不过他只和一个人讨论,和我,所以妈妈也一无所知。

对叶阿姨的故事,我们那个小圈子里有过种种推测,前半截说法大致相同。那就是杜叔叔没有认错人,叶阿姨的确是那个在审讯时作记录的女文书。抗战期间,许多青年学生放弃了学业离开家庭,投身于抗日,有的参加了国民党军队,有的参加了共产党的队伍,叶阿姨多半是在这时参的军,被派去集中营。如果不是那样,她也不会走绝路。从这往后,意见便有了分歧。公安局长说叶阿姨是特务,她奉命潜伏在女战俘之中,是想打听消息,随后又趁暴动之机,混到苏北根据地,伺机破坏。公安局长的这个判断,大舅和五月聚餐会的那些叔叔都不同意。他们说如果叶阿姨真是受命潜伏,那她的首要任务应该是破坏赤石暴动,别忘了因为暴动,集中营队长差点被枪毙。而且,看叶阿姨在苏北以及解放后的表现,也找不出什么可疑的迹象啊。

"婉君绝不会是特务,"大舅和我讨论时这么说。他认为叶阿姨是对同室操戈感到气愤,说了什么话,被队长关起来的,正巧遇上暴动,便跟着大伙逃跑了。"婉君一定是想忘掉过去,开始一种新的生活。她错只错在隐瞒了这一段历史。"

大舅管叶阿姨叫婉君。以往他只是和叶阿姨对话才这么叫,有第三人在场时他总称呼她小叶。他本来很注意这些细节,可眼下已经没那必要了。

"她也许是怕说不清楚,可越怕越说不清楚。"大舅说,那时他也并不知道自己还曾自首过。

"可叶阿姨为什么要夏叔叔死呢?"我问,"她恨他吗?"

"你还小,你不会懂。她不恨夏叔叔,她是爱他。"

大舅和我做以上那番讨论时,我刚过十二岁,他话里的很多意思,我的确不太理解。等我长大了我才意识到,其实那些话并不是对我说的,大舅是在和自己讨论,只不过他需要一个观众,一个不参与争辩的听众。

不久前,我到过叶阿姨投奔革命或者说受命潜伏的地方。我倒不是专程跑去凭吊,我是在武夷山风景区疗养,在疗养所,碰巧有人告诉我那儿离那叫赤石的小镇很近。

一个阳光明媚的下午,我搭疗养所的运输车来到赤石。这镇子没什么特别的地方,屋脊两头弯弯翘起的福建老式民居和新盖的水泥平顶楼房紧紧挤在一块,中间丢出几条石板街,和所有南方小镇一样,街面上比比皆是书摊、服装摊、小吃铺和张贴着港台武打片广告的录像放映点。在小吃铺,我要了一杯颜色颇为可疑的饮料。因为是下午,没什么顾客,年纪很轻的店主无聊地倚在柜台上,摆弄他的录音机。

"老板,这附近是不是有条河?"我问。

"对,"他说,"出镇向东去就是。"

我上柜台付账,小老板随口问:"你去建阳?"

"不,只想去河边看看。"

"河有什么好看的?"

"以前那儿发生过暴动。"我说。

"暴动?没有啊,没听说过。"他连连摇头。他可能把暴动和暴乱、动乱那类词汇搞混了,便用一种警惕的眼光审视着我。"你是干什么的?"

"旅游的。"

"旅游你不去天游峰、玉女峰、九曲溪,跑这儿来干吗?"

"你问得有道理,"我回答说,"实际我是走错方向了。"

我出镇子向东,走到河边,又随摆渡船去了对岸。渡口右侧是一片丘陵,丘陵后面就是蜿蜒峻峭的武夷山脉。岸边有些板凳大的石块,不知从哪朝哪代,旅人便在这里等着过河的小舟。我找了块干净的石头坐下,我自以为看见叶阿姨他们跑上山的路线,并且自以为就坐在她当年坐过的石头上。

在那块石头上,我想起十二岁那年大舅对我说的话。我想也许他和公安局长所做的推论都不一定准确。暴动开始时,叶阿姨就处在我的位置,聚餐会的叔叔们高呼口号向丘陵奔去,集中营队长在渡口那边指挥警卫开枪,子弹铺天盖地扫来,在空中划出道道气浪,如果叶阿姨不跑,那她可能早就被打死了。

一小时之后,我搭渡船回到赤石镇。我又走进那家小吃铺。店里还是没什么客人。小老板仍旧百无聊赖地靠着柜台。我又要了杯颜色可疑的饮料,就着饮料抽了两支烟。我不急于走,因为我知道,这辈子里我大概再也不会到这地方来了。

　　"去河边了吗?"小老板问。

　　"去过了。"我说。

　　"看到什么了吗?"

　　"没有,没看到。"

　　"是不是? 我早就对你说了,那里什么都没有。"

　　他说着按下录音机的放音键,于是我差点被烟头烫焦了手指。录音机放出一部台湾电视连续剧的主题歌,歌名是《有个女孩名叫婉君》。